ほっこり人妻鍋

桜井真琴

双葉文庫

目次

ほっこり人妻鍋

プロローグ

十一月上旬。

代々木《よよぎ》公園のビールフェスタは大勢の客で賑《にぎ》わっている。

世界のビールが飲める、というので、飲んべえが集まっているかと思いきや、来場者の年齢層は幅広い。

わりと有名なご当地居酒屋が多く出店し、名物のつまみを振る舞っているから、それを目当てに来る家族連れも多いのだ。

「わあ、おいしそう」

窪塚英吉《くぼづかえいきち》は汗だくになってチラシを配っている最中に、若い女性客の弾《はず》んだ声に意識を奪われた。

振り向くと、とある居酒屋のブースに、おでんが用意されていた。

大きな鍋に、大根や玉子やはんぺんやちくわがぐつぐつと煮込まれていて、醤油《しょうゆ》と出汁《だし》のいい匂いが鼻腔《びこう》をくすぐる。

（うまいんだよなあ、あの店のおでんは……）

黄色い和がらしをつけ、ほくほくの大根を口に放り込めば、大根の歯ごたえと、染《し》みたツユがじわりと口中にあふれてくる。

その熱々の口内に、キンキンに冷えたビールを流し込んで、くーっ、と喉《のど》を鳴らせば、その日の疲れなど吹き飛んでいく。

大の酒好きの英吉は、想像しただけで口から涎《よだれ》を垂らしてしまった。

（おっと、いかんっ）

口元を拭《ぬぐ》おうとしたら、拭えなかった。

当たり前だ。

英吉はパンダの着ぐるみを着て、チラシ配りをしているのである。

（あー、暑いし臭いし……早くビールを飲ませてくれえ！）

なぜチラシ配りをしているかといえば、ビールフェスタの協賛社の中のひとつに、グルメ雑誌『ちゅーぼー』を出している出版社があり、英吉はその雑誌で記事やレポートを書いている専属のグルメライターだからなのだ。

ちなみに着ぐるみは出版社の倉庫の奥に置いてあったもので、「目立つから」という理由で無理矢理着させられたのだった。

「うわー、へんなパンダー！」

子どもたちが寄ってきた。

「いらっしゃー……うっ！」

後ろから子どもに蹴られて、英吉パンダは倒れ込んだ。

「わー、倒れたー」

子どもは残酷だ。

手を貸してくれるどころか、息の根を止めようとばかりに、また蹴ってくる。

「こ、こ、こらっ……痛いっ痛いっ」

誰かが着ぐるみの首を取ろうとしてきて、プチッと切れた。

「てめーらー」

起きあがって手を振りあげたら、子どもたちは面白がって「キャーキャー」と走って逃げていく。

「キャーッ、可愛いっ」

今度は茶髪のギャルたちが走り寄ってきて、ギュッと抱きついてきた。

（おおおっ、ラ、ラッキー）

着ぐるみ越しだから身体の感触はわからないが、甘い匂いがした気がした。メイクが濃くて、まあまあ可愛いふたり組だ。

「可愛いーっ、でもなんでパンダがいるんだろ」

「どこかでパンダ料理出してるんじゃない？」

「えっ、パンダって食べると美味しいの？」

ギャルたちのアホな会話は置いておくとして、三十五歳の中年に差し掛かるこの歳で、ギャルに抱きつかれるなんてことは滅多《めった》にない。

ついついこちらも悪ノリでギュッとしてしまうと、

「……何、このパンダ」

「おっさん入ってるんじゃねえ？　キモッ！」

と、いきなり怖い顔をされて逃げていってしまった。

（なんだよ、ちょっとぐらい、いいじゃねえかよ。しっかし暑いなァ……）

十一月だから、着ぐるみの暑さも平気かと思っていたが油断した。

汗がだらだら、クラクラしてきた。

（やばいな、秋に熱中症なんて洒落《しゃれ》にならんぞ）

休憩させてもらおうと思い、出版社のブースの裏手にまわる。

「あのー、誰かー」

誰もいなかった。
これはまずい。
なんといっても、この着ぐるみはひとりでは脱げないのだ。
(せめて首から上だけでも取ろうか……あ、あれ？　……)
頭が取れない。
どうやらチャックが引っかかっているようだ。本格的にまずい。
(だ、誰かッ、取ってくれ)
そう思って歩き出したら、ふらついて誰かにぶつかった。
「キャッ！」
女性の声だ。誰かが倒れている。
見れば倒れているのは『ちゅーぼー』の編集デスク、鮎川玲子《あゆかわれいこ》だ。
(やばいっ。玲子さんだ……)
英吉より三つ下の三十二歳ながら、怖い鬼上司である。
「だ、大丈夫ですか。玲子さ……」
倒れている玲子の姿を見て、英吉は「おお」と心の中で歓声をあげた。
玲子はいつも通りのタイトミニスカートを穿《は》いているのだが、転んだ拍子にまくれたのだろう。
パンストのシームに透《す》ける紫色のパンティが、もろに見えていたのだ。
(おおう。玲子さんっ……すげえ派手なパンティっ!)
レース模様まで透けて見えた。
色もさることながら、ハイレグカットのエロいデザインだ。
(デキる女は、こんないやらしい下着をつけて仕事しているのか⁉)
着ぐるみでよかった。
そうでなかったら、勃起《ぼっき》した股間を隠しきれない。
「いったーっ、もうっ……あっ……!」
玲子が起き上がり、真っ赤な顔をしてスカートの裾《すそ》を下ろして脚を閉じる。
すぐにジロリと睨《にら》んできた。
(ひえっ)
年下のくせに、やたら迫力がある。
デスクの鮎川玲子は、社内でも評判の仕事のデキる女である。
その上、スタイル抜群のいい女だった。
ヒールの高いパンプスを履《は》き、美脚を見せつけるように、いつもミニのタイトスカートを身につけている。

タイトなジャケットでは、隠しきれない巨乳の持ち主で、今もTシャツの胸は悩ましくふくらんでいる。

ミドルレングスの栗色《くりいろ》の髪はさらさらで、切れ長の目元は涼《すず》やかだ。肌は雪のように白くて、長い睫毛《まつげ》も大きな目も、高い鼻もふっくらした唇《くちびる》も、お手入れが行き届いていて美しい。

睨んでいた玲子が、口を開いた。

「ねえ……着ぐるみの中って窪塚くんよね。今、私のスカートがまくれてたの、じっと見てなかった？」

英吉はパンダの着ぐるみのまま、無言で首を横に振る。

まずい。

違う汗が出てきた。

「ふーん。しらばっくれる気？　いい度胸ね。このスケべっ……キミが着ぐるみ担当なの知ってるんだから」

ギクッとした。

パンダの着ぐるみのまま、走って逃げようとしていたときだ。

「待ちなさい！　あれっ、そういえば、キミ……北海道は？」

はたと気付いた。

――そうだ、今日から取材で地元に戻るんだった。

第一章　幼なじみと囲む北海道の石カリ鍋

1

札幌《さっぽろ》まで飛行機で行き、それから石狩《いしかり》に向かうバスに乗る。

雄大な石狩川にかかる橋を渡れば、景色は一気にのどかなものに変わる。

（いやー、やっぱ寒いな。まだ雪がないだけマシだけど）

英吉は窓の外の景色を見ながら、冷たい手をこすり合わせる。

生まれ故郷の石狩から、東京に出て十七年。すっかり自分では東京に染まったと思っていたが、やはり生まれ故郷は落ち着くものだ。

（しかし、久しぶりだなあ……二年ぶりか）

バスの中から、故郷の町並みを眺《なが》める。

石狩市の南側は札幌のベッドタウンだが、実家があるのは北の日本海側で、かなり田舎《いなか》だ。

どうして仕事で地元に来たのかというと、すべて編集長のせいである。

先週のことだ。

『ちゅーぼー』の年末発売の1月号の編集会議で、珍しく英吉の企画が通った。

おせちに飽きたらカレーもね、という、どこかの会社のキャッチコピーをヒントに、

《お正月　おせちに飽きたら　このお鍋》

と、全国津々浦々《つつうらうら》のご当地鍋を紹介しようという特集企画を出したのである。

(よおし、これで全国の旨い店を巡《めぐ》れる)

企画が通ってウキウキしていた。

ところがだ。

編集長が「地方の有名店の鍋を、普通に紹介しても面白くねえだろ」と言い出して雲行きが怪《あや》しくなった。

「家でも鍋はつくるよな。そうだっ、地方に行って、その土地土地の一般家庭で鍋をつくってもらってさ、その具材やレシピを掲載したらいいじゃねえか」

「は？　一般家庭ですか？」

「そうだよ。突撃、隣のなんちゃらってヤツだな。これは今までにねえ企画だろ

うよ。決まり決まり」

「いや、それは……」

そんな企画が今までなかったのは、一般家庭の取材が難しいからにほかならない。

というわけで、いろいろ探してはみたものの、結局取材先は見つからなかった。

それで、地元の石狩である。

子どもの頃から食べていたから、あまりピンときていなかったのだが、よくよく考えれば石狩鍋もメジャーなご当地鍋だ。

地元ならなんとかなるだろうと、幼なじみの穂積明子《ほづみあきこ》に泣きついたら、取材をOKしてくれたので、こうして地元に戻ってきたというわけだ。

明子の家は日本海のすぐ近くにあった。

旦那の実家の近くに、こぢんまりした家を建てたのだ。

このあたりは住宅街ではないから、暗くなると明かりも少ない。五時を過ぎるともう暗くなってきた。

家の玄関に立ち、インターフォンを鳴らすと、明子がドアを開けてくれた。

「遅くなってわるい。ささっとやるからさ」

「なんも、いいけどさあ。たいへんねえ、英ちゃんも」

明子がのどかな方言で返してくる。

「旦那は出張でいないし、子どもは実家に預けたから気兼ねなくどうぞ。その代わり、里沙《りさ》が来てる。英ちゃん、里沙に会うのって久しぶりっしょ」

英吉はドキッとして、いきなり緊張した。

「里沙？　里沙が来てるのか？　うわあ、何年ぶりだろ」

椎名《しいな》里沙は小、中学校と一緒のクラスだったが、高校はそれぞれ別の学校に進学したため、二十年くらい会っていなかった。

ドキッとしたのには理由がある。

椎名里沙は、英吉にとって初恋の相手なのだ。

小柄で、ショートヘアの似合う美少女だった。

くりくりした目がとても印象的で、ちょっと田舎には似つかわしくないような可愛らしい娘だった。

だが高校が別になり、そこからは噂《うわさ》くらいしか聞いておらず、何年か前に結婚したことを知っているくらいである。

（懐《なつ》かしいな。里沙か……今はどんな感じなんだろうな）

初恋の甘酸《あまず》っぱい記憶がよみがえってきて胸が熱くなる。

靴《くつ》を脱いでいると、明子の後ろから、垢抜《あかぬ》けた美人が顔を出した。

「ウフフッ。英吉くん、久しぶりね」

ペロッと愛らしく舌を出して笑う女性には、昔の美少女の面影《おもかげ》があった。

「おっ、里沙か……な、懐かしいなあ。元気だった？」

テンションが爆上《ばくあ》がりした。

里沙は昔の美少女の面影を残したまま、美人に成長していたからだ。

大きくて猫っぽい目と、控えめな鼻と口。

栗色のさらさらヘアが肩まで伸びていて、可愛いながらも、大人の色気をムンムンに感じる。

（これが三十五歳の人妻か？　すげえ可愛いじゃねえかよ）

申し訳ないが、貫禄《かんろく》のついた明子と同い年には見えなかった。

「ほうら、昔の話は後でいいっしょ。とりあえず中さ入って。なまらしばれるんやから、今日は」

明子が中に入れと手招きした。

「特別寒いのか？　今日は」

訊《き》くと里沙が頷《うなず》いた。

「うん。寒いよねー、私、普段は札幌だけど、今日はなまら寒いよ。明日は雪が降るかもって」

「へえ、今は札幌に住んでんのか」

リビングに入る。

ムッとするような暑さが、冷えた身体を包み込んできた。

リビングには炬燵《こたつ》があり、大きな石油ストーブががんがんに焚《た》かれていた。

「懐かしいな、この暑さ」

寒い地方は暖房を暑すぎるほど効《き》かせるのだ。

英吉は上に着ていたコートを脱いで、シャツとデニムの格好になる。

明子と里沙のふたりも薄着《うすぎ》だ。

里沙は薄手のニットに、太ももがちょっとだけ見える少し長めのミニスカートという格好だ。胸元のふくらみがいやらしかった。

（里沙……こんなにおっぱい大きかったかな……）

昔を思い出していると、里沙が訊いてきた。

「英吉くん、いつまでいるの？」

里沙の、ふわっと甘い匂いが漂《ただよ》った。

「明後日かな。仕事が忙《いそが》しいしさ」

「でも、グルメ雑誌のライターなんてすごいじゃない。まさか英吉くんがそんな仕事してるなんて」

「そうだなあ。確かに」

どうしてグルメライターになったかと言えば、酒好きが高じて、旨い店を探してはブログにアップしているうちに雑誌からオファーを受けるようになっていった感じだ。

「でも、なんか雰囲気《ふんいき》はそんなに変わってないかも。ウフフ。背はすごく大きくなったけど」

「そ、そうだっけか」

「そうよ。私より低かったでしょ」

そう言って、里沙が身体をそっと寄せてきたので、また緊張する。

（お、おっぱいっ、先っちょ、当たってるし……）

里沙のニット越しに乳房が、軽く英吉のあばらのあたりをかすめた。

（中学生か、俺は……）

おっぱいがほんの少し当たっただけで、こんなに興奮するなんて。

相手が里沙だとどうにも甘酸っぱい気持ちがあふれてきて、思春期に抱いていたスケベ心が、久しぶりに戻ってきた。

「ん？　なあに？」

里沙が見上げてきた。

睫毛が長くて唇が濡れている。猫のような目がイタズラっぽく細められて、見つめられると顔が熱くなってきた。

（……マ、マジで可愛いな、こいつ……）

小柄で華奢《きゃしゃ》なのに、おっぱいやお尻はやけに大きかった。

グラビアアイドルを彷彿《ほうふつ》とさせる、男の好きなグラマーな体形である。

（これで人妻だもんなあ……）

などと考えていたら、里沙がニコッと笑い、

「私も手伝わないとね」

と言ってリビングからキッチンに向かう。

その後ろ姿もいやらしかった。

くびれた腰から下の丸いヒップがパンパンに張りつめているのが、スカートの上からでもはっきりわかる。

（いかんな。マジで性欲が中学生並に戻ってる）

ここは気持ちを切り替えねばと、バッグからデジカメとノートと、ボイスレコーダーを持ってキッチンに向かう。

コンロに置かれた土鍋から、昆布だしのいい匂いがした。

「えーと、どうしようか？」

明子が訊いてきた。

「普通につくりながら、調理のポイント部分で作業を止めてもらおうかな」

「おっけーっ」

コンロに火をつけ、再び鍋を煮立たせる。

「ウチのレシピで、かまわんね？」

明子が言う。

「おう」

英吉がカメラを構えると、明子は手際よく準備を始めた。

石狩鍋と言えば鮭《さけ》だ。

まず鮭の切り身やあらに湯霜《ゆじも》をして、臭みを取る。

その鮭を昆布だしの鍋に入れ、さらに野菜を切って入れたら、白味噌《しろみそ》を溶《と》いて入れる。

「うちのレシピはね、赤味噌もちょっと入れるんよ。コクが出るから」

「へええ。なるほど」

こういうところが、家庭鍋の面白いところだろう。

明子の横で、エプロンをつけた里沙が使った調理器具を洗って片付けている。

里沙もわりと手際《てぎわ》がいい。

そしてエプロンがよく似合っていた。

2

英吉はカセットコンロを炬燵の上の真ん中に置いた。

明子がその上に土鍋を置いて火をつける。

ぐつぐつと煮立つ土鍋から、味噌のいい香りが漂った。

「どう？　こんな感じで」

明子が言う。

「ばっちりだ。あとは味のレポートだな」

「めちゃくちゃ美味《おい》しいって書いてよね、頼むわよ」

明子が炬燵に入る。

長方形のかなり大きな炬燵だ。ハロゲンヒーターを格納しているでっぱり部分がない、高級ランクの炬燵だろう。

英吉も炬燵に入り、その向かい側に里沙が座った。

炬燵の中でちょっと足が触れて、ドキッとする。

缶ビールで乾杯し、鍋を取り分けてもらう。

箸《はし》で柔《やわ》らかくなった鮭を口に入れる。

「旨いなー」

英吉が感動して言うと、明子が笑った。

「鍋なんか誰でもつくれるけど、美味しいって言われるとうれしいわね」

「味噌ってやっぱりあったまるね」

里沙もスープを飲みながら、にっこり微笑《ほほえ》んで言う。

肝《きも》やあらの深い旨味が、スープ全体に広がって、それをたっぷり吸った鮭の身や玉葱《たまねぎ》やキャベツが実に旨い。

「こういう旨い鍋をつくってくれる人がいると、助かるな」

英吉が言うと、明子が鼻で笑った。

「あんたも早く結婚しとけばよかったのに」

「忙しくて、そんな暇《ひま》がなかったんだよ。しかし明子も里沙も人妻かあ」

「なあに？　結婚しそうに見えなかった？」

向かいに座る里沙が、イタズラっぽく笑う。

また炬燵の中で足が触れる。

里沙の足のようだ。

ドキッとして身体が火照《ほて》ってくる。

「見えなかったな、中学んときの里沙はボーイッシュって感じだった」

「したって、里沙って人気あったわよねえ、男子に」

明子が言うと、里沙は、

「ないよお、別に」

と、ちょっと照れたように缶ビールを呷《あお》る。

どうやらあまりアルコールは強くないようだ。里沙の顔があっという間に赤くなっていた。

「確かに人気あったよな」

「なあによ、英吉くんまで。あー、暑いっ」

里沙が「あっつい」と言いながら、ニットの裾を持ってまくりあげた。

(おおっ！)

中に着ていたのは、Vネックの白いTシャツだった。

Tシャツが汗で湿っているから、ブラジャーのカップがうっすら透けて見えている。思っていた以上におっぱいが大きかった。

英吉は慌《あわ》てて目をそらす。

(む、無防備だな。さすが地方の人妻、ゆるさがたまんないな)

チラチラと里沙の胸元を見ていたときだ。

「ねえ里沙、英ちゃんさっきから、あんたのおっぱいばっか見とうってよ」

明子がニヤッと笑って言ってきた。

英吉はぎくっとして、目を泳がせる。

「ばか言うなって、いや、その……すげえ成長したなって思ったんだよ」

「やっぱ見とる」

あははと明子に笑われつつ、里沙を横目で見た。

「えっ、こんなんでよければ見せちゃうけど。三十代半ばのおばさんの胸なんか価値ないし」

里沙がふざけて胸を突き出してきた。ブラの模様まで透けて見える。

「あ、あほか」

顔が熱くなり、慌ててビールを呷った。

「里沙がうらやましいわ。まだ垂れてないでしょ？」

明子も里沙の胸を見ながら言う。

「えーっ、崩れてきたよお。なんだっけ、ほら、胸のところのここの筋肉。これが衰《おとろ》えてくるんだって。だからジムに行き始めたのよ」

「えらいえらい。あたしなんか放りっぱなし」

あははと、ふたりで笑うのを英吉はちょっと引いて見ていた。

（三十五にもなると、男の前でもこういう会話を平気でするようになるのか……）

ビールを飲んでいると、明子が睨んできた。

「なあに引いてんのよ」

「いやあ、三十も半ば過ぎれば、女っていろいろ大変だなあって」

里沙が頷いた。

「うちは子どもがいないから、明子は大変だと思うよ」

「つくらんのか？」

「えっ、うん……」

里沙は寂《さみ》しそうに返事した。

何か、事情がありそうだ。

さすがに理由まで訊いたら、デリカシーがなさすぎると思った。

「ウフフー。英ちゃんもしかして、まだ里沙のこと気にしとうて？　今だから言うけど、英ちゃん、里沙のこと好きやったよね」

明子がさらりと言って、英吉は噎《む》せた。

「な、何を、ばかっ」

明子に言いつつ、横目で里沙の様子をうかがう。

里沙は驚いたような顔をしていた。

「ウソ。英吉くんが私のこと？」

「その……ちょっとだけな。いや、おしかったな。こんなにスタイルのいい美人になるんなら、中学のときに声かけときゃよかった」

「あのねー、里沙にも選ぶ権利はあるからね」

「あるある。私、エッチな人、きらいやしー」

そう言って、またからかうように胸を突き出してくる。

「おまえらなー」

みんなで笑った。

同級生はいいもんだなと思ったけれど、里沙のことは本気で後悔していた。

しばらくそんな調子で、だべっていたときだ。

(ん?)

炬燵の中の足に、さわっ、と何かが触れてきた。

明子か里沙の足だなと思い、伸ばした足を曲げて引いても、また触ってくる。

正面を見ると、里沙が妖《あや》しげな笑みを見せている。

(なんだよ、酔っ払ってるのか?)

最初はちょっと気になるくらいだった。

だが次第に里沙の爪先《つまさき》が大胆に動き、ついには英吉の脚の間に入ってきて、股間をすっと撫《な》でてきた。

(えっ……!　お、おいっ……そこは……ッ)

驚いて里沙を見る。

明子と楽しそうにしているものの、時々、ちらりとこちらに視線をよこしてくる。よく見ると、目の下がねっとり赤らんできていた。

(ど、どういうつもりだよ)

里沙の爪先は、明らかに英吉のズボン越しの分身を、さわさわと撫でている。

単なるイタズラか。それにしては、きわどすぎる行為だ。

戸惑っていると、里沙の爪先がギュッと英吉の肉竿を踏みつけてきた。

(く、くううっ！　り、里沙っ……マジか……)

信じられなかった。

あの美少女だった人妻は、間違いなく英吉に性的なイタズラを仕掛けてきていた。

「英吉くんも、そう思うでしょ？」

里沙はなんでもないようなフリをして、だが、炬燵の中では明子にバレないように爪先でくにくにと、英吉の股間部分を刺激してくる。

股間が硬くなっていく。里沙の顔は恥ずかしそうに赤らんでいた。

(まさか、誘っているのか……？)

わからない。わからないが、英吉も酔っていた。

息を呑み、思いきって、すっと里沙のスカートの中に右足の爪先を差し入れてみた。

「……！」

里沙がビクンッとして、真っ赤な顔でじっと見つめてくる。

「どうした？」

英吉がお返しとばかりに、ニヤリと笑う。

「な、なんでもないわ……別に」

言いながら、里沙の目が睨んでいた。

いやらしいことしないで、と怒っているようだ。

（なんだよ、そっちが先に仕掛けてきたんだろ。ようし……）

英吉は里沙のスカートのさらに奥まで爪先を押し込んだ。

「あンっ……」

里沙が感じた声を漏《も》らして、またビクッと震えた。

「何？　どうしたの？　なあに今の声……」

明子が驚いた顔をする。

「ううん。な、なんでもない」

里沙が口の形で「やめて」と伝えてくる。

（そっちが先にイタズラしてきたんだろ。足で触られてこっちは勃起しちまったんだからな……）

里沙は「やめて」と口にしつつも、嫌がっている様子はない。

本当にいやなら、スカートの中の英吉の脚をどければいいだけだ。

だけど、里沙はそうしない。

（い、いいのか？　いいんだな）

半信半疑で、スカートの中にある足をそっと動かしてみる。

靴下を履いた英吉の爪先が、くにゅっ、とした柔らかい肉に触れた。

（と、届いたっ……！　り、里沙の股間だ……）

パンストのぬめる感触越しに、柔らかい女肉を親指に感じた。

炬燵の中で、今は人妻となった初恋の元同級生をイタズラしている。

いけないことは重々承知している。

だが、ここまできたら止められなかった。

パンスト越しの陰部を、すりっ、すりっ、と爪先でなぞれば、

「ん……う……」

里沙が小さく声を漏らし、明子を横目で見ながら、炬燵の中で英吉の足をギュッとつかんできた。

小さく、イヤイヤするように首を横に振っている。

しかし本気で嫌がっているように見えない。

それどころか里沙は首筋を赤く染め、身体を震わせて息づかいを乱し始めている。手でつかまれている爪先を強引に動かして股間をなぞれば、

「あっ……あっ……」

と里沙が色っぽい、かすかにうわずった声を漏らし始める。

頭の中が痺《しび》れきっていた。

炬燵の中で何が行われているか知らない明子の目には、里沙は少し酔っているくらいにしか映っていないのかもしれない。

さらに強く足を動かすと、爪先を押さえていたはずの里沙の手がゆるんだ。

(えっ？)

里沙を見た。

彼女は眉《まゆ》をハの字にした色っぽい表情を見せつつも、明子と楽しそうに話して

いる。

（いいんだな。もっと触って欲しいんだな、里沙……）

興奮しながら、英吉は足の親指を里沙のパンスト越しの股間に密着させ、クロッチの上から静かに押さえ込んだ。

すると、里沙の下腹部がすりよってきた。

（も、もっと、いじって欲しいのか⁉）

里沙を見る。目の下が赤く染まり、時折、眉をひそめてうつむいたり、首を横に振ったりしている。

足の指でイタズラされて、里沙はいやがるどころか感じ始めている。

（あの美少女が、こんなにいやらしい人妻になって……）

興奮せずにはいられなかった。

猛然《もうぜん》と昂《たか》ぶりつつ、英吉は横にいる明子にバレないように、里沙のクロッチの柔らかな部分をしつこくなぞる。

「んっ……」

こらえきれない、という感じで、里沙が明子と会話しながらも、一瞬だけ身をすくめて、つらそうに眉をひそめた。

その「恥ずかしいのに感じてしまう」というような反応に、ますます英吉は昂ぶり、イタズラを続ける。

そのときだった。

足の指が、里沙の感じる部分をとらえたのか、

「あっ……」

と、里沙がついに歯列をほどき、感じた声を漏らしたのだ。

3

(まずいっ)

と、思ったのだが、ちょうど明子が立ち上がるときで、彼女には里沙のいやらしい声が聞こえなかったようだ。

「ねえ、雑炊《ぞうすい》にしない?」

明子が言った。

「おお、いいな。なあ、里沙」

「……うん」

返事しながらも、里沙は耳まで赤く染め、キュッと唇を噛《か》んでこちらを睨んで

くる。

明子がキッチンに行くと、里沙はハアッと安堵《あんど》のため息をついてから、恥ずかしそうにしながら睨んできた。

「……エッチ……英吉くんが、こんなにいやらしいなんて……」

「先にやってきたのはそっちだろ」

声をひそめて言い返しながら、ぐりぐりと股間をいじったときだ。

「……アンッ、だめ……」

小さい声で言い、里沙がイヤイヤと顔を横に振って、炬燵の中で英吉の足を押さえてきた。

英吉は慌てた。

里沙の股間に、湿ったような感触があったのだ。

「いやッ、だめっ……もう終わりっ」

そう言って、里沙は自分のスカートの中にある英吉の足を手で押し返そうとする。

「……感じたんだろ？」

英吉の言葉に、里沙はキッと睨んでくる。

しかし、その目が濡れていた。

英吉は激しく欲情した。ズボンの中でイチモツが滾《たぎ》る。

興奮しすぎて、もう理性が働かなかった。

「……里沙、パンティを脱いで」

「……！」

里沙は眉をひそめ、真っ赤に染まった顔で、いやなものでも見るような顔を向けてきた。

「……ばかなことを言わないで。なんでそんな……」

「いじって欲しいんだろ？」

ニヤついて言えば、里沙はぷいと横を向く。

だが恥ずかしそうに、目の下を紅潮させているのは丸わかりだ。

「はい、お待たせー」

明子が、ご飯と溶き卵を持ってきた。鍋に入れて火に掛けると、米と卵のふんわりしたいい匂いが漂ってくる。

「おお、旨そうだな」

「なあに言ってるの。旨そうじゃなくて、旨いの」

明子が火加減を調整しながら、自慢げに言う。

英吉は苦笑した。

「鍋も旨かったよ。なあ、里沙」

「えっ？　う、うん……」

英吉に訊かれて、ぼうっとしていた里沙は、ハッとして答える。

そして、こちらをちらりと見た後だった。

里沙は炬燵の中ですっと足を引いてから、炬燵布団で下半身を隠すようにしてから、もぞもぞし始めたのだ。

(里沙……まさか……あっ！)

英吉の鼓動《こどう》が跳ね上がった。

もう一度爪先をスカートの中に忍び込ませると、わずかな茂みの奥に熱を帯びた肉の感触があったのだ。

間違いない。

今、里沙はパンストとパンティを脱いで、ノーパンで炬燵に入っている。

ドキドキしながら、そっと爪先を動かした。

里沙の股間が、驚くほどぬるぬるとぬかるんでいた。

顔を見ると、彼女は恥ずかしそうに目をそらして、横にいる明子に見えぬようにイヤイヤと首を横に振っている。

（こ、こんなに濡らして……）

息を吞み、そっと靴下の親指部分で直《じか》に女のぬかるみをツゥーッとなぞる。

「くっ……」

里沙がビクッと震えて、漏れ出そうになった声を噛み殺した。

ちらっとこちらを見た顔は、「もうだめ……」と言わんばかりに、眉をひそめたいやらしい表情だ。

英吉はもう夢中だった。

その間、明子はできあがった雑炊をそれぞれのお椀によそってくれていた。

「鮭の身がいい感じでほぐれてるでしょう？　雑炊と相性がいいんだよね」

明子が言いながら、レンゲで雑炊を口に運ぶ。

「ああ、鮭か……うん……旨いよな」

英吉も雑炊を口に運ぶも、興奮しすぎて味わうどころではなかった。

（炬燵の中の里沙の身も、ぐっちょぐちょに、ほぐれてるけどな……）

心の中でニヤニヤしつつ、さらに狭間《はざま》を上下に撫でると、

「ンッ……！」

里沙が、せつなそうな表情でこちらを見る。

大きな目が、とろんとしていた。

異様な状況に英吉はさらに燃えた。

爪先全体を、ぐいっ、とワレ目に入れる。

「あっ！」

里沙が大きな目を見開き、伸び上がった。

「どうしたの？　なんか入ってた？」

明子が心配そうに訊く。里沙は、

「な、なんでもない。ごめんね」

と謝りつつ、こちらを先ほどより怖い顔で睨んできた。

(アソコの中に足の指が入ったんだもんな。怒るよな。しかしすげえな……もう里沙のおまんこ、どろどろじゃないかよ)

靴下の先が愛液でぐっしょり濡れている。

しかもである。

感触で里沙の腰が、微妙に揺れ始めてきたのがわかる。

ますます燃えた。

さらに親指で、くにくにと濡れ溝《みぞ》を愛撫《あいぶ》したときだ。

「くっ……！」

彼女は小さく呻《うめ》いて、腰を痙攣《けいれん》させた。

もしかしたらクリトリスに当たっているのかもしれない。

ここが感じるのかと、同じ部分を爪先でなぞると、

「くっ……くっ……」

と、里沙はいっそう苦しげな声を漏らし始める。

たまらずクリトリスを、足指でグッと押し込んだときだった。

「あンっ……」

里沙がヨガり声を放ってしまったので慌てて明子を見た。

(やばいっ！　あれ？)

いつの間にか、明子は炬燵に入りながら、ウトウトと船をこぎはじめていた。

4

「明子って、一度寝たら簡単には起きないのよ」

言いながら里沙は炬燵を出て、無理矢理に隣に入ってきた。

「お、おい」

炬燵でぴったりと身体を寄せてくる。

完全に突っ伏して寝てしまった明子の足を避けつつ、里沙と炬燵の中で身体をくっつける。

横を向くと目と鼻の先に、長い睫毛のぱっちりした大きな目と、ぷるんとした赤い唇がある。

息がかかる距離で見つめ合う。

里沙が唇を重ねてきた。

(えっ……！　り、里沙っ……)

長年の思いが一気に押し寄せた。

初恋の相手と今、キスをしている。

信じられない。夢心地《ゆめごこち》だった。

柔らかい唇とアルコールを含んだ甘い吐息、ムンムンと漂う濃厚な色香……。

キスをほどいた里沙が、うっとりした顔で見つめてくる。

「……ねえ、私……今は札幌にいるって言ったでしょう？」

「ああ」

「あれウソ。実はね、旦那と別居して実家に戻ってきてるの。明子は気をつかってくれて、英吉くんには何も言わなかったけど」

「別居？」

「うん。旦那がね、外に女をつくって……」

里沙がいきなり暗い顔をした。

「そ、そうなのか」

「うん……」

里沙の大きな瞳が悲しみに沈む。

「私のことなんか、ずっとないがしろよ。女の私からシテ欲しいってはっきり言ったこともあるの……私って、そんなに魅力ないのかって」

彼女が目尻に涙を浮かべたので英吉は焦《あせ》った。

「そんなことない……絶対にないよ。今でも信じられないくらい、里沙は可愛らしくて……」

しゃべっている途中で、里沙がまた柔らかな唇を押しつけてきた。

今度は軽く合わせただけではない。求めるように、むしゃぶりついてきた。

英吉もそれに応《こた》えるように、両手を里沙の背中にまわして、華奢で小柄な肉体を抱きしめ、舌をからませる。

「ぅんんっ……ぅぅん……」

里沙のくぐもった鼻声が、悩ましく官能的なものに変わっていく。

（ああ、里沙とついにベロチューまで……ッ）

美少女だった中学時代の記憶が、英吉の頭をよぎる。

（可愛らしかったよな……そして……今も……）

目を開ければ、里沙は眉間《みけん》にキツくシワを寄せた色っぽい表情で、小さな舌を伸ばして、英吉の口の中をまさぐってくる。

キスだけで勃起した。

それを隠すことなく炬燵の中で脚をからませていき、抱きしめながら里沙のスカート越しの股間に、ぐいぐいと押しつける。

「んんんっ……んんっ……はっ……ああんっ、エッチ……」

キスをほどいた里沙が、可愛らしい猫目をとろけさせつつ、上目遣《うわめづか》いに見つめてくる。

そんなゾクゾクするような目つきをされたら、もうだめだった。

炬燵に入ったまま、狭い中で里沙を組み敷《し》いた。

英吉はキスしながらTシャツの上から胸のふくらみをつかんだ。

「んんんっ……」

里沙は唇を奪われたまま、顔をのけぞらせる。

（でけえっ……なんだこりゃ、つかみきれない……）

Tシャツを持ちあげる乳房のたわみが、ブラジャー越しにも指先に伝わってくる。

指に力を込めれば押し返してくる。その弾力が素晴らしい。

「んっ……んんっ……」

いやらしく揉《も》み揉《も》みしていくと、里沙は次第に息づかいを荒くしていく。

だが、Tシャツをまくったときだ。

「あん……ちょっと待って……」

里沙が慌ててキスを外し、寝ている明子を見た。

「起きないんだろ？」

「でも……あんっ……ここでなんて……だ、だめっ……」

里沙は抗《あらが》った。

だがもう止まらない。強引に里沙のTシャツを肩までめくりあげると、ベージュのブラジャーに包まれたふくらみが露《あら》わになる。

（おおっ！）

想像以上にグラマーだった。

英吉は鼻息荒く、ブラカップの上からぐいぐい胸を揉みしだくと、

「あんっ、だめってば……もう……これ以上は……だーめっ！」

と里沙はウフフと笑ってごまかし、英吉の手をつかんで首を横に振る。

だがもう無理だ。完全に理性はとろけてしまっている。

「もう止まらないよ、里沙」

ささやいた英吉は里沙のスカートの中に手を差し入れた。

「あッ……ッ」

里沙の顔が強張《こわば》った。

英吉が本気なのを感じ取ったようだった。

（ここまでされると思ってなかったのか？　キスして舌までからめてきて……、ノーパンのアソコはもうこんなに濡れ濡れなのに……）

スカートの中に入れた手で、太ももをじっくり撫でまわす。

若い女にはない、とろけるような太ももの柔らかさだ。

ますます昂ぶって、いよいよ里沙の恥部に指を到達させたときだ。ぐっしょり濡れていて、英吉は驚いた。

(うわっ！ ぬ、ぬるぬるだ……イタズラしてたときより、濡れてるっ)

花園を指先でいじりながら、里沙の顔を見つめる。

「いやっ！」

耳まで赤くした里沙が、顔をそむけて目をギュッとつむる。

「……いやなんて……こんなにすごいことになってるのに。なあ……もう欲しいんだろ」

耳元でささやいた。

里沙は濡れた目を向けてくるも、やはり友達が寝ている横でエッチするのは抵抗があるのだろう、英吉の手を押さえて、イヤイヤと首を横に振る。

もちろん英吉だって、とんでもないことをしていると思う。

だが、もうだめだった。頭の中が里沙でいっぱいだ。

抗いなどものともせずに、濡れきったワレ目を上下に指でこする。

くちゅ、くちゅ、という音が、はっきりと炬燵の中から聞こえてきた。

「いやっ、いやっ……」

里沙にも聞こえたのだろう。可愛らしい目を歪《ゆが》ませている。

「こんなにエロい音をさせて……なあ……いいんだろ……」

英吉は里沙の膣穴《ちつあな》を探り当て、指をさらにぐっとめり込ませた。

「うっ……！」

指を入れられた里沙は、必死で唇を噛みしめつつ、眉をハの字にして全身を震わせる。

（すげえな。中ももう、とろっとろだ……）

膣奥がドクドクと鼓動しているのが、指腹を通じて伝わってくる。

（た、たまんねえ……ここにチンチンを入れたら……くう、ヤリてえ。里沙とヤリてえ……）

英吉は興奮しながら、くいくいと指を出し入れした。

最初はいやがっていた里沙だが、ぬちゅ、ぬちゅ、といやらしい音が止まらなくなるほどしつこく愛撫すると、

「くっ……くっ……」

と漏れ出す声を噛み絞《しぼ》りながら、下腹部をすり寄せてきた。

（か、感じてる……いけるぞ……）

炬燵の中でもぞもぞしながら、英吉は指を目一杯伸ばして里沙のざらついた天井をこすった。

「あっ……あっ……」

里沙はこらえきれないとばかりに、うわずった声を漏らして、さらに腰をグラインドさせてくる。

「ああ……腰がこんなに動いて……もうだめだ、里沙」

股間が痛いほど張っている。

英吉は炬燵の中でズボンとパンツを急いで下ろし、里沙の下腹部に下半身をすり寄せる。

「……！」

里沙がハッとした。

「だ、だめ……」

「いいだろ」

里沙の手をつかみ、いきり勃《だ》ちを握るように導けば、最初はおずおずだった指がペニスをシゴいてきた。

「か、硬い……」

英吉も里沙の熱くなった潤《うる》みを指で攪拌《かくはん》する。

お互いにいじりっこしていると、里沙の恥部の、ぬちゃ、ぬちゃ、という音がひどくなり、強い牝《めす》の匂いが炬燵から漏れて鼻先に漂ってくる。

ますます興奮して、奥まで中指を届かせた時だ。

「んんっ……あんッ……だ、だめっ！」

里沙が英吉の右腕にしがみついてきた。

（そうか、ここがいいのかっ……）

ならばと、さらに激しく同じ箇所を責めると、

「ああ……いやってばッ……ああん、だめっ……だめぇっ……！」

と、ささやくように訴えてきて、しがみつきながら英吉の腕に顔を埋めてくる。

そのときだ。

里沙が腰をガクンガクンと大きくうねらせた。

膣肉が指を強く締めつけてきた。

（おおう、里沙のおまんこの中が、け、痙攣してるっ……イッたのか……？）

寝ているとはいえ、女友達がいる前で手マンされてアクメするとは。

やがて里沙の膣の痙攣がやんだ。

指を抜くと、どろどろした蜂蜜のような愛液で根元まで濡れていた。

里沙がハアハアと息を弾ませながら、涙目で見つめてきた。

「イジワル……英吉くんの……だめって言ったのに、ひどいよ。ああん……恥ずかしいったら……」

腕の中でイヤイヤする里沙が、可愛らしすぎた。

「わ、悪い……まさかその……俺の指でイクなんて……」

言い訳している最中だ。

里沙の柔らかな唇が、英吉の口を塞《ふさ》いでいた。

5

息苦しいほどねっとりしたキスだった。

舌がまるで生き物のように動いて、ねちゃ、ねちゃ、と、唾液《だえき》の音をさせながら口中をまさぐってくる。

（ああ、すげえ欲しがってる。本気のキスだっ……）

濃厚なディープキスを受け、いやがおうにも欲情が高まり、里沙の手の中にあったペニスが、ズキズキと脈動《みゃくどう》する。

「あんっ……英吉くんだって、こんなに……石みたいに硬くなってるじゃない」

いったんキスをほどいた里沙が、肉竿を手ですりすりしながら、また唇を押しつけ、舌を入れてきた。

英吉も舌を動かして、口中を舐《な》め合いながらブラカップをズリあげる。

白いふくらみがふたつ、揺れ弾みながらこぼれ出る。

（おおお……！）

華奢なボディにアンバランスなほど、ふくらみはデカかった。

三十五歳の人妻にしては、仰向《あおむ》けでも崩れない美しい球体をしている。

たまらなくなって乱暴に揉みしだき、キスをほどいてから、小豆色《あずきいろ》の乳頭部をねろねろと舌で舐め転がしていくと、

「ああんっ……」

と、里沙は炬燵の中で身をよじり、甘ったるい女の声を漏らし始める。

もう明子が横で寝ていることなど目に入らないようで、

「アッ……あ、あ、……あぁ……ああんん……」

里沙は続けざまに大きく喘《あえ》いで、身をよじる。

英吉は狭い炬燵の中で石のように硬くなったカリ首を押しつけながら、里沙の乳房を舐めしゃぶって、唾《つば》まみれにしていく。

大きな乳房は、汗ばんだ肌の味がした。

狭い炬燵の中に濃厚な女の匂いが充満していることに昂ぶりながら、英吉はチューッと音を立てながら乳首を吸う。

「ぁあぁ……あああっ……」

里沙は上体をのけぞらせ、もう欲しくてたまらないとばかりに、炬燵の中で濡れ溝をこすりつけてくる。

今までになく、激しい腰の動きだった。

(こんなに乱れて……くううっ、こっちも限界だ……)

Tシャツとブラを肩までたくし上げられ、炬燵の中ではスカートがまくれあがって、ぐっしょり濡らした下腹部をさらけ出している。

エロい格好をした、いやらしい身体だった。

さらに可愛らしい目は潤んで、表情もとろけきっている。

「り、里沙……いいんだよな」

見つめてささやくと、里沙は一瞬顔を強張らせたものの、すぐに頷いた。

「寂しいのよ。あったためて欲しいの……お願い……」

里沙がねだる。

（こっちもヤリたい、けどどうする？）

狭い炬燵の中だ。

少し考えてから、里沙には横向きに寝てもらい、こちらに背を向けさせ、背後から身体を密着させる。

狭い炬燵の中で隠れてするには、寝バックか横向きの側位《そくい》しかない。

後ろから炬燵の中で里沙のスカートを腰までまくりあげて、豊満なヒップを撫でつつ、深い尻割れの奥に硬くなった切っ先を届かせる。

（熱い……さっきよりもどろどろだ……）

まるで煮詰めた果肉の中のようだった。

（ああっ……里沙と……里沙とヤレるんだ）

中学時代に片思いしていた美少女は、今は人妻となって、年相応の色香を身にまとって美しく成長していた。

息苦しさが増して、心臓がドクドクと脈を打つ。

ハアハアと息を喘がせながら、里沙の小さな背中を背後から抱いて、右手で肉竿をつかんで尻奥にぐっと押し込むと、小さな穴に嵌《は》まるような感触があった。

ここだ、と一気に、横になったままで腰を突き入れる。

「あ、あうんっ……」

里沙が大きく背をしならせた。

(つながった……ついに……里沙と……)

背後からギュッと抱きしめれば、里沙は、

「ああん……だめっ……お、っき……」

と、ハアハアと息を乱しながら、炬燵の中で腰を震わせる。

背後から顔を覗《のぞ》けば、里沙はのけぞったままつらそうにギュッと目を閉じて、眉間にシワを寄せた苦悶《くもん》の表情を見せていた。

(すげえ色っぽいな……たまんねー……もっと深く入れたいっ……)

さらに腰を押し込むと、里沙の膣襞《ちつひだ》がざわめきながらも、ギュッと締めつけてきた。

「う、くぅ……」

たまらず呻き声を漏らしてしまう。

（くうう、うああ……締めつけてくる。それに……ああ、里沙の中、すげえあったけえ……）

奥まで入れたまま腰を動かすと、里沙が、

「あっ……あっ……」

と、せつなそうな声で身悶《みもだ》える。

「里沙……入ってるよ……里沙の中、すげえ気持ちいい」

背後から耳元でささやけば、

「あ、ああんっ……英吉くんの……オチンチン、すごくわかるっ……ズキズキして……あんっ……ああんっ……」

里沙の声が、いっそういやらしいものになる。

肩越しに里沙が振り向いた。

せつなげに眉根を寄せて、じっと見つめてきている顔が、三十五歳の成熟した女の色香をにじませている。

「うふん……ううんっ……」

たまらず唇を奪った。

お互いが寝たまま、しかも里沙は首をかなりねじって、背後の英吉とキスしている。
つらい体勢だろう。
しかし里沙は乱れきっているのか、そんな体勢でも舌を激しくからめてくる。
英吉は両手を背後から伸ばして、里沙の揺れる乳房を揉み揉みする。
乳首が硬くなってきていた。
それを指で弾けば、
「ンッ……あぁんっ」
乳首がかなり感じたのか、キスをほどいて里沙が甘い声を漏らした。
「ああ、色っぽい声だ……」
だめだった。
そんな声を出されたら、もう、だめだった。
ガマンできないとばかりに、抱きしめたまま腰を激しく振る。
「あっ、だ、だめっ……いきなりそんなっ……いやっ、いやぁぁ……」
里沙は困惑した声を漏らして、それでも大きなヒップを押しつけてくる。
こちらもさらにぐいぐいと穿《うが》つ。
すると、

「ああっ、ああっ、あああっ……」

里沙はさらにくなくなと、ヒップを押しつけてきた。

結合部からはしとどに蜜があふれ、ぬんちゃ、ぬんちゃ、と粘着音が響く。

炬燵の中から漏れてくる、獣じみた発情の匂いはますます強く、濃くなっていく。

さらにスパートしようとした。

そのときだった。

「……あれぇ、寝ちゃったんだ。私……」

明子の声がした。

英吉はぎくっとして腰をぴたりと止める。

里沙も同じように腰を動かすのをやめて、じっとしている。

「んん……？　ああ……英ちゃんも、里沙も寝てるんだァ……」

明子の言葉を訊いて、英吉は冷や汗をかく。

（ど、どうしよう……）

炬燵の中では、実はふたりはつながっている。

脂汗《あぶらあせ》がにじむ。

とにかく寝たふりを続け、ペニスを抜かねばならない。

そう思っているというのに、このスリルにゾクゾクして、里沙の中にある勃起がジクジクと疼《うず》いてしまう。

(やばいな……興奮する……)

わずかに腰を動かすと、里沙は、

「んンッ……」

と、小さく呻いて、身体を強張らせる。

肩越しに里沙が睨んできた。

信じられない……という顔だ。

その後しばらく、入れたままじっとしていたときだ。

「寝るねぇ……私……」

明子がそう言って炬燵から出て立ち上がり、ふらふらしながらリビングを出ていくのが見えた。

どうやら寝ぼけているらしい。

ホッとした。

里沙の艶髪《つやがみ》に顔を埋《うず》めて、ハアッとため息をつく。

彼女は肩越しにまた、睨んできた。

「あんもうっ……明子が起きたのに動かすなんてっ……何考えてるのよっ！」

「いや、だって興奮してさ。炬燵の中では里沙のおまんこと俺のチンポがつながってるんだぜ。もしバレたらと思ったらさ……」

「やだもう……ホントにエッチッ……」

里沙が目を細めて見つめてくる。

「何言ってんだよ。おまんこ、こんなにぐちょぐちょにして……里沙だって、あのとき興奮してたんだろ」

「し、してないわよっ……ああんっ、だめっ……だめっ……」

里沙が顔を歪ませる。

英吉が、激しいピストンを再開したからだ。

「くうう……すげえ気持ちいい」

耳元でねっとりささやけば、怒っていた里沙もすぐに表情をとろけさせ、

「あんっ、あんっ……あんっ、わ、私も……気持ちいいっ、気持ちいいよぉ……ねえ、ねえ……キスしてっ……」

里沙が唇を突き出してくる。

（ああ、里沙って、イチャイチャするのが好きなんだな）

英吉は汗ばむ里沙の裸体をギュッと抱きしめながら、同じように唇を突き出した。

里沙が激しくむしゃぶりつく。

つながったままのベロチューはやはり最高だ。

横向きに寝たままバックで腰をグイグイと動かすと、里沙は唇をほどき、

「ああン……お、奥まで……奥まで届いちゃう……ああんっ、もっと、もっとして、もっとしてぇ……ああんっ」

と、髪を振り乱しながら、ねだってくる。

だったらと、里沙をうつ伏せにさせて、後ろから腰をぶつけていく。

寝バックの方が腰に力が入る。

炬燵の中で狭いながらも腰をぶつければ、

「ああんっ、いい、いいわ、すごいっ……すごいよぉぉ……私ッ……やだっ、また、またイキそうなの……イッていい？　ねえ、イッていい？」

里沙がうつ伏せのまま、腰を動かしてきた。

こちらも限界だった。

「ああ、こっちも出そうだっ……でも……」

躊躇《ちゅうちょ》した。

このままでは里沙の中に出してしまう。

相手は三十五歳の人妻。

中出しなんてできない、と思っていたら、

「あんっ……あんっ……一緒に、一緒にいこっ……いいよ、ちょうだい。ねえ、英吉くん……私の中に出していいから、大丈夫だからっ……お願い……熱いのちょうだい」

英吉が躊躇したことで、里沙に迷いが伝わっていたようだ。

怖かったが、里沙がいいと言うならば、と、フィニッシュまでいってしまおうとスパートした。

そのうちに堪《た》えがたいほどの射精欲が込み上げてくる。

それでも歯を食いしばって打ち込めば、里沙が腰をガクッ、ガクッと淫《みだ》らに震わせて、

「あっ……あっ……イクッ……ああんっ……私、またイクッ、イッちゃううう！」

同時に膣肉でキュッと締めつけられる。

英吉もこらえきれなかった。

「ああっ、で、出るッ……」

いきなり意識がとろけて消えた。

熱い白濁液が里沙の膣内に勢いよく注《そそ》がれていく。

脳天が溶けてしまうかと思うほど、気持ちよい射精だった。

(あったけえ……里沙の中……さ、最高だよ……)

中学時代に憧《あこが》れていた美少女と、まさかこの歳で関係を持てるなんて……。

石狩鍋も寒い季節には最高だけど、その後に心まであったまる出来事が待っているとは想像もしていなかった。


次の日の朝のことだ。

炬燵を消して、里沙とふたりで寝ていると明子が起きてきて、

「ごめんねえ、寝ちゃって……だってさあ……炬燵で寝てたらさぁ、あんたたちがおっぱじめちゃって……おさかんなのはいいけど、布団でしてよねえ」

と、あっけらかんと言われ、英吉と里沙は顔を見合わせ、照れ笑いした。

第二章　コラーゲンで熟女の素肌もぷ〜るぷる

1

「おめさんも乾杯すんべ」

　池内《いけうち》という年配の漁師から茨城弁で言われて、英吉はグラスを持った。

乾杯と言われても、もうすでに軽く酒が回っている。

最初は、

「クルマの運転があるので、お酒は……」

　と断っていたのだが、池内に「ウチに泊まってけばいいべ」と強引に誘われ、断りきれなくなって飲んでしまったのだ。

「おらたちが東京の雑誌さ載《の》るって、恥ずかしいんだども、いがっぺな」

　池内が立ち上がり、グラスを持って言うと、地元の漁師仲間からは大きな笑いが起きる。

「へー、本に載るんだと」

「ほんとに載るのけ？」

座敷の低いテーブルに座る初老の漁師たちが英吉に訊いてきた。

「十二月の末頃に発売です」

英吉が言うと、

「いやどうも。恥ずかしいっぺなあ」

「孫に本を買ってきてもらわんと」

乾杯の音頭はまだなのに、漁師たちはもう普通に飲んでいた。

まだ午後五時である。

おそらく漁師は朝が早いから、飲み始める時間も早いのだろう。

池内が乾杯っ、とグラスを掲《かか》げると、テーブルを囲む漁師たちがみな英吉にグラスを合わせにきてくれた。

（なんとか取材できてよかった……）

英吉はホッと胸を撫《な》で下ろす。

先日の取材先、北海道から帰る途中だった。

編集長からのＬＩＮＥ《ライン》に、

「旬《しゅん》の鍋も入れたいから、茨城のあんこう鍋の取材に行ってくれ」

と指示が書いてあって、英吉は頭を抱えた。

（あんこう鍋なんか、一般の家庭でそうそうつくるものか？）

それだけでもハードルが高いのに、追加で、

「あんこうを捌《さば》いてるところの写真も撮ってきてよ」

そんなこと一般家庭でするわけがないだろうと思いつつ、だめ元で茨城の漁業組合に電話をしてみたら、

「ああ、池内さんなら、やってくれっぺさ」

と、あっさり言われて、漁師の中でもリーダー格である池内というベテラン漁師を紹介してもらったのである。

ところがだ。

彼を訪ねて家に行けば、座敷に大きなローテーブルが用意されており、夕方から大勢の漁師仲間が集まってきて、まさかの宴会が始まってしまったのだ。

「あんこう、食べたことあるかいな？」

隣のおじさんが訊いてきた。

「初めてなんで楽しみですよ」

英吉が言うと、正面にいたおじさんが、イヒヒと笑った。

「美容と健康にいいからよ。ほれ、ウチんとこはみんな別嬪《べっぴん》や」

ちらりとおばさんたちに目をやるベテラン漁師たちのにやけ顔は、まだ現役っぽくて、さすが漁師はたくましいなと感心してしまう。

そんな漁師たちの話を聞いて心地よくなってきたら、すっと和服の女性が横に座った。

池内の奥さんの、季実子《きみこ》である。

ドキッとした。

というのも、この奥さんは他のおばさんと違って、若々しくてかなりの美人であり、お願いしたくなるほどの色っぽさなのだ。

彼女は柔和《にゅうわ》に微笑んで、

「この人たち、ホントに底なしの飲んべえなんだから。一緒のペースで飲んでたら倒れちゃうから、無理なさらないでね」

と優しく気遣《きづか》ってくれる。

この和服のキレイな奥さんに、英吉は先ほどからずっと目を奪われていた。

「季実子ちゃん、そこまでじゃねえわな。最近は量も減ったっぺ」

「んだ。季実ちゃんみたいな別嬪が酌《しゃく》してくれるから、飲んでるんだっぺ」

漁師のおじさんたちがからかうと彼女は、

「あらあら。奥さんたちに怒られるわよ」

と、さらりと返す。その品のよさもいい。

（しかし、キレイな奥さんだな。和服の着こなしも堂《どう》に入《い》っている）

先ほど聞いたところによると、季実子は四十歳で、旦那の池内よりひとまわり以上年下らしい。

「もうすぐウチの人があんこうを捌きますから、始めるときはお呼びしますね」

「えっ、あっ、はい……」

顔が熱くなってしまう。

（四十歳か。落ち着いているけど、笑うと可愛いんだよな、この奥さん……）

黒髪をアップにしているから、白いうなじが見えている。

目尻が垂れ気味の優しげな双眸《そうぼう》からは、包み込んでくるような母性を感じる。

口元のほくろがセクシーで、優しげな雰囲気がある反面、男を欲情させるような色気も兼ね備えている。

「いや、たまらんべな。季実ちゃんのあのケツ。いがっぺよ」

隣のおじさんが、赤ら顔でこっそりと英吉に耳打ちしてくる。

「季実ちゃんはあんこうのコラーゲン摂《と》ってっから、わけーんだ。肌も足も色っぽいわ」

正面のおじさんがまたイヒヒと笑った。

人の奥さんを酒の肴《さかな》にするのはどうかと思うが、言われてみればたしかに季実子の肌は美しかった。

コラーゲンのせいなのだろうか。お尻が大きいのは違うと思うが。

そのへんもしっかり書いておこうと思っていたら、その季実子が戻ってきたので背筋が伸びた。

「窪塚さん、よかったらキッチンまでいらっしゃって」

言われて季実子の後についていく。

漁師のおじさんたちが噂していたことを思い出し、ついつい季実子の後ろ姿を興味本位で見てしまう。

白くほっそりした首筋に、加齢のシワは見当たらないし、シミもない。

うっすらと着物に浮き出るヒップの丸みは確かに艶《なま》めかしいし、着物の裾《すそ》から、ちらりと見える白足袋《しろたび》とふくらはぎに欲情してしまうのだった。

「どうぞ」

季実子にうながされて、キッチンに入る。

「うおっ」

巨大なあんこうが、大きなシンクの上に吊り下げられていた。

頭がでかくて身体は平たくて、大きな口を開いたまま、その顎《あご》の部分にフックが刺さっている。

慌てて英吉はカメラを構える。

「すごいな、何キロくらいあるんですか」

池内に訊く。

包丁を持った池内は、あんこうをマジマジと見て、

「十キロくらいかな？　これくらい立派だと、けっこういい値段するなあ」

「吊るして捌くのは、どうしてなんですか？」

「そりゃ、こげなぶよぶよしたの、まな板の上で切るのは至難《しなん》のわざだっぺ」

言いながら、池内が包丁をあんこうの黒い背に当てる。

手際よく手のひらほどの胸ビレを落とし、続いてあんこうに切り込みを入れて、ぬめぬめした皮を頭からずるりと剝《は》いでいく。

すると、薄ピンクの肉塊が姿を現した。

（うっわあ、グロいな……）

動画では見たことがあるが、生で見る吊るし切りは迫力がある。

夢中で撮影していたときだった。

ふと、背後から視線を感じて振り向いた。

季実子があんこうをじっと見ている。

いつも見ている光景だろうに、季実子の表情が、ぼうっとしているのが妙に気になった。

（なんだろう？　へんな表情だな……顔が赤いし……）

あのグロテスクなものを眺めて、季実子は何か興奮しているようにも見えたのだが……。

（まさか、そんなわけないよな）

気になりつつも、あんこう捌きの撮影を続ける。

吊り下げられたままのあんこうは腹を裂かれ、内臓が飛び出した。

池内がそこで手を止めて、英吉の方を向く。

「あんこうはメスの方が大きくなる。これもメスや」

「メスの方がオスよりも？」

「んだ。チョウチンアンコウなんか、オスは五センチくれーしかない。んで、チョウチンアンコウのオスはメスに食われる」

具体的な説明を聞くと、チョウチンアンコウのオスは、自分より大きなメスに嚙みついたまま、少しずつメスの身体に吸収されていくのだそうだ。

「さすが深海魚。不思議なもんですね」

「子どもば、つくるために必要な部分だけ残して、あとは全部メスに吸収されるって。オスはせつねーべなあ」

吊るされているあんこうを眺める。

なるほど、これはメスか。メスが吊るされているのか……。

季実子を横目で見た。

垂れ目がちの双眸が、じゅんと潤んでいるように見える。

ふいに、この和服美女が縛られて、吊るされているところを想像してしまう。

(そんな趣味はないんだが……でも、季実子さんの……この奥さんが着物のまま緊縛《きんばく》されるってのは興奮するだろうな)

酔ったのだろうか。

いや、おそらく季実子の妖艶《ようえん》な雰囲気が、男に下世話な妄想をさせるのだ。

英吉は撮影を続ける。

撮り終えると、いつの間にか季実子はいなくなっていた。

2

「あっ……あああうん……い、いやっ……」

女は荒縄《あらなわ》で乳房の上下を縛られていた。

わずかに垂れ気味だが、迫力のバストだ。乳首が小豆色なのも、人妻らしくていやらしかった。

女は素《す》っ裸《ぱだか》にされ、両手をバンザイしたまま吊るされていた。

「ああん……ゆ、許して、許してくださいっ」

女は哀願しながら、腰を振って抗った。

息を呑むほどの巨大なヒップが、目の前で揺れている。

見たこともないような巨大な尻だった。

英吉は激しく勃起した。

そっと指を差し入れて尻奥をなぞると、

「あぅぅ！」

女が叫んで細顎《ほそあご》をせり上げた。

アップにした黒髪が、その端正な顔立ちによく似合っている。

「ううんっ……いやあぁあん……」

女は季実子だった。

眉をせつなげにたわめたその表情に、英吉の目は釘付《くぎづ》けになった。

乱れた顔も美しい。

そしてやはり目がいくのは口元のほくろだ。このほくろが、艶っぽさに拍車《はくしゃ》をかけている。

「もう逃げられませんよ」

英吉が静かに言い、くびれた腰を持って背後から挿入した。

「ああん……あん……あん」

いつの間にか、いやがっていたはずの季実子が、よがっていた。

「おおう、た、たまりませんよっ」

英吉はがむしゃらに腰を使う。

バチン、バチンと肉のぶつかる音が響く。

季実子は吊るされたまま、後ろから犯されて悦《よろこ》んでいた。

「吊るされて悦ぶなんて……ヘンタイじゃないですか」

「ああん、いやっ……言わないでっ……」

季実子は恥じらいながらも、膣奥でペニスを締めつけてきた。尿道が熱く滾《たぎ》っていく。

「うぉおお、で……出そうだっ……」

「ああっ、来てっ……いいのよっ……出してっ」

その瞬間、ビクッ、ビクッ、と季実子の肢体《したい》が激しく痙攣《けいれん》した。

目の前が真っ白になり、意識が朦朧《もうろう》として……。

(あ、あれ?)

目を開けたとき、見知らぬ天井があって英吉は焦った。

(ああ、そうか。池内さんの……そうか、寝ちゃったのか……)

ぼんやりと記憶がよみがえってくる。

宴会は思ったよりも早く終了した。漁師は朝が早いからだ。

つくってもらったあんこう鍋をいただき、その後ですぐにお開きになったのは覚えている。

なんとかシャワーを浴びて、そして季実子に客間に布団を敷いてもらい、服を脱いで、そのまま潜り込んだのだった。

（生々しい夢だったな……久しぶりに見たな、あんなエロい夢……）

おそらく、季実子のあの表情だ。

あんこうを吊るし切りしているときに見せた、季実子のあの、熱に浮かされたような表情が、英吉の脳裏に焼きついたから、こんな夢を見たのだろう。

手元のスマホを見ると夜の十時だった。

小便をしようとズボンを穿《は》き、上はトレーナーという格好でドアを開け、廊下を歩いていく。

すると、座敷のガラス障子の窓から廊下にうっすらと明かりが漏れていた。

（あれ？　宴会は終わったはずだけど……）

そっと座敷の障子を開ければ、着物姿の季実子が座っていた。こちらに気付いた季実子が、あら、という表情をする。

「寒くて眠れなかったかしら？　このへんは東京よりずっと寒いから」

季実子がちょっと困ったような顔をしたので、英吉は慌てて首を横に振る。

「いいえ。そんなことないですよ。早くに寝すぎたから……いつも、もっと遅い時間に寝るもので」

そう言うと、季実子が優しく微笑んだ。

目の下が赤いなと思って見れば、座敷のテーブルの上には缶ビールとグラスがあった。

「ウフフ。さすがに若いのね。ウチの人は九時になったらもうぐっすりなのに」

「若いっていっても、もう三十半ばですけど」

「三十代は若いわよ。私みたいな四十路《よそじ》のおばさんから見ればね」

季実子がウフフと笑って、目を細める。

ドキッとした。

口元のほくろと、ほのかにピンクがかった肌が色っぽかった。

季実子がビールの入ったグラスをこちらに見せてきた。

「寝られないなら、一杯だけ飲まない？」

「いいんですか？」

「ええ。片付けも終わって、ひとりで飲むのも寂しかったから。こんなおばさんが相手でもよければ」

「い、いや、おばさんなんて……そんなことないですよ。いただきます」

「どうぞ」

空いたグラスを差し出される。

どうやら結構酔っているらしく、季実子はやけに楽しそうだった。

テーブルの向かいに座ろうとしたときだ。

季実子は和服で座布団に正座していたのだが、膝《ひざ》がわずかに開いていて、白い襦袢《じゅばん》がちらりと見えていた。

（和服ってエロいよな……しかもこんな上品な奥さんの乱れた和服姿……）

先ほどまでは、所作《しょさ》も立ち振る舞いも淑《しと》やかで隙《すき》がなかった。

だけど、大勢の客をもてなして疲れたのだろう。

白い襦袢がやけに色っぽい。

（やばっ……）

寒さで小さくなっていた股間がムズムズしてきた。

季実子に見えないように軽く股間に手を置きつつ、グラスにビールを注いでもらって乾杯した。

「あんこう鍋、お口に合ったかしら」

ビールグラスを空けてから、季実子が言う。

酔っているから、英吉を見る目つきがとろんとしていて、口元のほくろと相俟《あいま》って色っぽさが増している。

ドキドキしながら、英吉は答えた。

「美味しかったですよ。あんこうってふわふわと柔らかいのに、しっかり歯ごたえもあって、淡泊《たんぱく》だからちょっと唐辛子を多く振って食べるのがいいですね」

早口で言うと、季実子がうれしそうに笑う。

「ウフッ。さすがグルメライターさんね。表現が上手《じょうず》だわ」

「ホントに旨かったですよ。スープはあっさりだけど、野菜があんこうの旨味をたっぷり吸ってるから甘くて」

「よかったわ、そんなに褒《ほ》めてもらって。でも雑誌のお仕事というと、ずいぶん不規則なんでしょう？　奥様は大変ね」

「ああ、僕はひとり者なんで」

言うと、季実子は意外そうな顔をした。

「そうなの？　ごめんなさい。ご結婚されてるとばかり」

「いえ、こういう仕事だと、なかなかこう、うまくいかなくて……」

「お仕事がね……、それじゃ寂しいときもあるんじゃないの？」

季実子が上目遣いに見つめてきて、英吉は、うっ、とビールを喉に詰まらせてしまう。

「大丈夫？」

噎《む》せた英吉を心配そうに見つめてくるので、顔が火照ってしまう。

「す、すみません」

何度か咳き込んで、ようやく息をつく。

（甘えるような表情をすると、可愛いんだよな、この奥さん……しかし……なんでこんな美人が漁師町に嫁《とつ》いだんだろう）

年齢もあるだろうけど、他のおばさんたちとは育ちが違うんじゃないかと思っていた。

季実子が立ち上がり、また缶ビールを持ってきて、英吉のすぐ隣に正座した。

そのときだ。

（あっ！）

正座するときに膝を広げたので、生の白い太ももがちらりと見えたのだ。

（う、うわっ……着物の裾から見える太もも……エ、エロすぎるっ）

なんという光景か。

はだけた着物から見える女の太ももは、スカートから覗く太ももよりも何倍もいやらしかった。

「ウフフ、どうしたの？」

優しげな声に、英吉はハッと顔を向ける。

季実子が先ほどとは違って、少しイタズラっぽく見つめているように見えたので、ちょっと焦った。

（やばっ、太ももを見たのバレたかな）

英吉は咄嗟《とっさ》に言い訳した。

「あ……いやあ、その……奥さんのお肌、すごくキレイだなあって……」

「え？」

季実子がきょとんとした。

「い、いや、その……コラーゲンを摂っていると、そんなに肌がキレイになるんだなあって。さすがあんこうは美容にいいんだなと……」

季実子は表情を柔らかくしてクスクスと笑い、ビールを注《つ》いでくれた。

「いやだわ。こんなおばさんに……そんなお世辞言って……」

恥ずかしそうに目を伏せて、身をくねらせるのも可愛らしい。

「ホントですよ。ご主人がうらやましいな、仲がいいし」

英吉はさらに持ち上げたつもり……だった。

だが、季実子の表情がわずかに曇った。

「仲がいい……そうね……」

少し逡巡《しゅんじゅん》してから、季実子は寂しそうに言う。

「でも大変なのよ。漁師は朝が早いし……それに帰ってきてお酒を飲んだら、すぐ寝ちゃうし……」

急に愚痴を言われて、英吉はびっくりした。

季実子はビールを飲んでから、ほおっとため息をついて続ける。

「でね、天気の悪い日なんか、漁に出られなくて休みになるのに、漁師仲間とパチンコや麻雀《マージャン》に行っちゃうのよ」

拗《す》ねたような表情にキュンとする。

季実子は伏し目がちになって、さらに続けた。

「全然かまってくれなくて、寂しいときだってあるのに」

信じられなかった。

こんな可愛い人を放っておくなんて。

（夫婦ってのは、大変だなあ）

里沙も寂しいと本音を言っていた。

寒い冬になると、人恋しくなるのだろうか。

「ウフフ。でもうれしかったわ。こんなおばさんにキレイだなんて。今日は気持ちよく寝られそうよ」

季実子が顔を輝かせる。

「ホントですよ。お世辞じゃなくて……」

「東京の人はお上手ね」

また、上目遣いをされる。

照れて下を見ると、さらに膝が開いて内ももが見えていた。

（パンティまで見えそう……いや、待てよ。穿いてないかもしれないんだぞ）

ドキドキした。

ちらちら見ていたら、季実子がすっと膝を閉じた。

（あっ……）

見ると、季実子の表情はとろんとして、もうこのましなだれかかってきそうな妖しい雰囲気だった。

(まさか、誘っているんじゃ……)

心臓をバクバクさせていると、季実子がすっと体を寄せてきた。

「お若いのね。もしかして、それで眠れなくなっちゃったの？」

クスクス笑われて、ハッとした。

股間のモノが手で隠せないくらい、盛り上がっていたのだ。

3

和服美女は顔を赤らめつつも、イタズラっぽい笑みを向けてきた。

そして、とろんとした表情でしなだれかかってきて、ほっそりした手を股間に伸ばしてきたから英吉は驚く。

「お、奥さんっ……」

季実子は耳元に顔を近づけてきた。

「こんなおばさんじゃ、いやかしら……」

色っぽい息づかいが耳奥をくすぐる。

ほっそりした指が、ズボンの上から股間部分を撫でてきた。

目を見開いて、季実子を見る。

横座りしているから、着物の裾が割れて太ももがまた見えた。太くてムッチリして、いやらしすぎる太ももだった。

季実子が見つめてきた。あの優しい目が、今は妖しく細められている。

「ウフッ。窪塚さんの視線、ちょっといやらしかったわ。恥ずかしくなって隠したけど、私で興奮してくれたのかなって思って、うれしくなっちゃった」

刺激的な言葉をささやかれて、くらっとした。

そのまま座布団の上に押し倒される。

見つめられて、ドギマギした。

着物の人妻は、英吉のズボンのファスナーを開けて、ベルトを外してズボンを脱がせにかかる。

英吉は、あっ、と思い、慌ててズボンを手で押さえる。

パンツがガマン汁で濡れているのが、わかっていたからだ。

「ま、待ってください」

「ウフフ。もう大きくなってるのはわかってるわ。これ以上隠さなくても」

違うんです、と言いたかったが、遅かった。

ズボンの前を開けられて、ボクサーパンツを露出させられた。

「あら、これを隠したかったのかしら？」

季実子の指が、ふくらみの頂点にできたシミをなぞりあげてきた。

「あっ…や、やめっ……」

カアッと身体が灼《や》けるほど恥ずかしかった。

「ウフフ。いやらしい人ね……」

着物姿の季実子はさらに身体をズリ下げて、シミに鼻先を近づけてくる。

「や、やめてくださいっ」

英吉が抗うのもかまわず、季実子はくんくんと鼻を鳴らす。

「ウフッ。男の人のエッチな匂いだわ……とっても匂うわよ」

季実子が上目遣いでこちらを見ていた。

口元のほくろが、いっそういやらしく見える。

英吉は真っ赤になって、首を横に振る。季実子が笑う。

「とっても匂うって言われたのに、オチンチンをびくびくさせるなんて……大丈夫よ。私、この匂い好きだから」

言いながら、季実子がシミの部分を舌で舐《な》めてきた。

グレーの下着に、季実子の唾液の濃い舟形のシミが広がっていく。

「くううっ……」

下着のシミを舐められるのが、耐えがたいほど恥ずかしい。

身悶えていると、季実子はシミを舐めるのをやめて、再び英吉の顔を見つめてきた。

「しょっぱいわ……でも、おいしい……」

ゾクッとするような妖しげな表情だった。

(この奥さん、エロすぎる。お淑《しと》やかで落ち着いた着物美人だと思っていたのに)

恥ずかしいのに、ますます屹立《きつりつ》が硬くなる。

その硬くなった性器を、下着の上から温かな手でキュッと握られた。

「うっ！」

季実子の手の動きは、まるで硬さや太さを推《お》し量《はか》るような、いやらしいものだった。

「しーっ」

季実子が人差し指を口の前に立てる。

英吉がハッとして口を閉じると、季実子は「フフッ」と笑みを漏らしながら、英吉の下着を下ろしていく。

（マ、マジか……）

いきなりの展開に慌てていると、季実子は飛び出した肉竿を見て、

「すごいわ……」

と、つぶやいた。

切《き》っ先《さき》はガマン汁でぬるぬるだ。

季実子の手がペニスを握る。当然のごとくガマン汁が熟女のほっそりした指を汚してしまう。

「す、すみません、汚くて」

申し訳なくて謝ると、季実子は垂れ目がちの目を細めて笑った。

「謝らなくてもいいのよ。うれしいわ。こんなおばさんなのに、エッチなオツユを出すほど興奮してくれて……」

うっとりと言うと、季実子は着物のまま英吉の勃起をシゴいてきた。

「く、うう……」

甘い陶酔《とうすい》に、英吉はたまらず呻き声を漏らす。

「痛くない？」

訊かれて、英吉は仰向《あおむ》けのまま、上体をわずかに起こして首を横に振る。

季実子がまた微笑む。

「ウフフッ。ハアハア言っちゃって可愛いわ……あなたが気持ちよくなってくれたらいいの。私も楽しませてもらうから、これで……」

「えっ……⁉」

淑やかな着物熟女の口から、欲しがる言葉が飛び出した。

(た、楽しませてもらうなんて……)

呆然《ぼうぜん》としていると、季実子はとろとろのカウパー液を男根全体に塗《ぬ》りつけるようにして、ほっそりした指で環《わ》をつくって表皮をこすってきた。

「ううっ……」

ペニスの芯《しん》に響くような気持ちよさだった。

早くもハアハアと息があがってしまう。

(なんてエロい手つきだよ……)

やはり漁師町の奥さんだ、大胆すぎる。

腰を浮かせるほどに感じていると、季実子がその美貌を近づけてきた。

(近くで見てもすげえキレイだな、この奥さん……)

これが四十歳か？　やはりコラーゲンのおかげなのか、肌にシワやシミもなくて、まるで二十代のようだ。

とろんとした目と、口元のほくろが色っぽくてたまらない。

「ウフッ。ホントにこんなおばさんでもいいみたいね。じゃあ、もっと気持ちよくしてあげるわね」

季実子は身体を再び下げていき、今度は英吉の両脚を大きく開かせて、その間に着物姿のまま四つん這《よ》《ば》いで陣取った。

「な、何を……あっ……」

肉竿に、彼女の温かな息を感じた。

「あんっ、ホントにすごいわね……こんなにそりかえって……」

熟女の指は竿の表皮を引き延ばしたり、睾丸《こうがん》の感触を確かめたりする。

じっくりと性器を観察されて、英吉の身体から汗が出る。

「ああ、そんなにじっくり見ないでくださいっ……」

「そんなこと言って。恥ずかしいこと言われると、オチンチンをびくびくさせるくせに」

亀頭部を優しく撫でられる。

「くうう、そ、そんなにしたら」

「あんっ、またびくびくしてる。エッチね……」

季実子がハアと温かな吐息を漏らす。

そして次の瞬間、

「ンンッ！」

ゾクゾクッとした痺《しび》れが走り、英吉は大きくのけぞった。

上体をなんとか起こしてみれば、季実子が舌を伸ばして裏筋を舐めあげていたのだ。

（おおおっ……）

着物美女が自分の股《また》ぐらで四つん這いになって、イチモツを舐めている。

お淑やかな和服姿と、男の性器を舐める淫靡《いんび》さのギャップがすさまじくて、見ているだけで昂ぶってくる。

（ああ、すごい……）

季実子の舌がいやらしく動きまわり、カウパー汁にまみれた赤褐色《あかかっしょく》のイチモツを唾液まみれにしていく。

特に念入りに男が感じる裏筋や亀頭のくびれを舐めてくるので、英吉の射精欲が早くも高まる。

（くうう、う、うまいな……）

お淑やかで可愛らしくても、やはり経験豊かな人妻。

四十路熟女のテクは圧倒的だった。

「き、気持ちいい……」

思わず口に出すと、和服美人はうれしそうに目を細め、「いいでしょう？」とばかりにとろけた目をこちらに向けてくる。

「ああ、た、たまりません……」

英吉の言葉に気を良くしたのか、季実子はさらに激しく責めてきた。

ガマン汁を噴きこぼす鈴口《すずぐち》を、人妻の舌が這いずった。

「は、はううっ！」

あまりの鮮烈な刺激に、英吉は畳《たたみ》の上を踵《かかと》でずりずりした。

下にあった座布団をギュッとつかんで、女のように背を浮かせてしまう。

さらに、である。

亀頭部が、一気に生温かなものに包み込まれた。

「おうっ……ッ！」

目の奥がチカチカして、勃起の芯がカアッと熱くなった。

季実子がいよいよ、口をO字に開けて性器をぱっくりと頬張《ほおば》ってきたのだ。

(き、着物フェラだ……和服美人におしゃぶりされてる……)

美しく品のある和服美人の口に、己の汚れたペニスが出たり入ったりしているのが見える。

こんなのAVでしか見たことがないし、和服でエッチなことをされるなんて一生ないと思っていた。

しかしあった。

現実だ。

この気持ちよさと、和服の奥さんのエロい姿は現実だった。

「ああっ、お、奥さんっ……」

震えながら言うと、頬張ったまま季実子が見上げるように視線を向け、勃起を口から吐き出した。

そうして舌で舐めながら、訊いてきた。

「んふっ、んふぅんっ……どうかしら？　射精できそう？」

英吉は、震えながらこくこく頷《うなず》いた。

「た、たまんないですよ。こんな……美人の奥さんに……和服姿で舐めてもらえるなんてっ。夢を見ているようだ」

「ウフッ。私もこの格好でこんなことしていると、いけない気持ちになるわ。よそ行きの着物でオチンチンを舐めているなんて……」

季実子は自分の言葉で恥ずかしくなったのか、照れ笑いを浮かべ、そしてまた大きく頬張った。

今度は唇が陰毛に接するほどに、肉竿をすっぽり咥《くわ》え込まれた。

「くううっ……」

気持ちよすぎて、意識もチンポもとろけそうだ。

ひっそりとした夜の広い和室。

旦那が寝ている家で、和服の奥さんにフェラチオされている現実に、この上ないエロスを感じる。

「むふっ、ううん……ううんっ……」

おしゃぶりしながら、季実子は悩ましく鼻声を漏らし始める。

興奮してきたのだろう。

（あっ……お、奥さんのケツが……）

熱がこもってきて、着物のデカ尻がじりじりと揺れていた。物欲しそうに着物の尻を揺らして、熱心に旦那以外の男のモノを舐めている奥さんはいやらしすぎた。

季実子の口の動きは、ますます淫靡さを増していく。マシュマロみたいな柔らかな唇で、ゆっくりと根元から先端まで往復を繰り返されると、ジンとした甘い痺れがうねりあがる。

腰が痺れてきた。

英吉は座布団をつかんで背をググッと持ちあげる。季実子が勃起から口を外して微笑んだ。

「むふん……いいのよ。ガマンしないで……私のおクチに出してもいいのよ」

「えっ！　で、でも……」

「大丈夫よ。ウフフ。そんなこと言って、ホントは私にあなたのを飲ませたいんでしょう？」

口元のほくろを強調するようにいやらしい笑みを浮かべながら、季実子が挑発的な言葉を口にする。

「いや、そんな……」

と言いつつも、飲ませてみたかった。

季実子が続けておしゃぶりをしてきて、しばらく経《た》ったときだ。

猛烈な昂ぶりが身体の奥から湧き上がってきて、もう理性では止められなくなってしまう。

「くううっ、奥さん……いいんですね。出しますよ……飲んでっ……」

熱いエキスが、どぷっ、どぷっ、と切っ先から噴き出していく。

あまりの気持ちよさに全身が痙攣した。

季実子は咥えながら目を見開いた。

おそらく、想像以上の量だったのだろう。

しかしである。

「ンンッ……」

和服姿の熟女はそのまま目をつむり、白い喉をこくこくと動かした。

(ホントに精液を飲んでる……あんなに苦くて臭いのを美味しそうに……なんていやらしいんだ)

英吉が最後まで出し切ると、季実子はペニスから口を離して、ふぅっと大きく息をついてニコッと笑う。

「ウフフ……熱くて濃いのね……どろっとして……」

「す、すみません……あんなにいっぱい、奥さんの口の中に出しちゃって」

「いいのよ。あなたが悦んでくれたら……でも……ウフフ。次は私も楽しませて欲しいわ」

季実子が射精したばかりのイチモツを握ってくる。

まだ半分ほど硬さが残っていて、英吉は自分でも驚いてしまうのだった。

4

「一度出しただけじゃ収まらないのね……」

和服美人は床に横座りしたまま、クスクス笑う。

英吉は照れ笑いした。

「普通はこんなにすぐには……奥さんの、その……和服の裾から見える太ももがいやらしすぎて」

「え？　あっ……やだっ……」

季実子はすぐに、着物の裾をパッと直して正座した。

「窪塚さんたら……エッチなんだから……でもうれしいわ。私を見て、出したばかりでも小さくならないなんて」

季実子が身体を寄せてくる。

甘い体臭とともに、生々しい匂いを感じた。

「ねえ……お願い……シテ……」

耳元で刺激的な言葉をささやかれて、英吉は唾を呑み込んだ。

「ホントに……い、いいんですね？」

季実子は恥じらいながらも、小さく頷く。

緊張した。

和服女性とするのは初めてだ。

季実子が真っ直ぐに見つめてくる。

「いいのよ。漁師の妻なんて寂しいだけだわ。あの……今日のあんこうみたいに家に縛りつけられて……ずっと帰りを待つだけよ」

あんこうか……。

ふいに、英吉の脳裏に吊るし切りのシーンがよみがえってきた。

（もしかして、あのとき……この奥さんは、自分があんこうみたいだと、じっと見つめていたってことか？）

だが、あの吊るし切りを見ていた季実子の瞳は濡れていた。

あれはおそらく……性的な昂ぶりだった。

例えばあんこうと同じように自分も吊るされて、乱暴されてみたい、というような……。

（まさかな……）

先ほど見た淫夢がまた脳裏をよぎる。

縛られて悦ぶ、マゾヒスティックな興奮に駆られた季実子の姿だ。

思い出すだけで、また身体が熱くなる。

英吉はトレーナー一枚だけの格好で畳に座り、季実子が立ち上がるのを眺めていた。

季実子が自分の着物に手にかける。

細い帯締めをほどいてから、慣れた手つきで帯をとき、艶やかな花柄の着物を肩から抜いて滑り落とす。

純白の長襦袢と、白い足袋だけの格好になって、季実子のムッチリした身体のラインが、着物のときよりもはっきりとわかった。

巨乳だった。

さらにほっそりした腰の下には予想以上に大きな尻が……。

バックから突いたら、さぞかしデカ尻の弾力が気持ちいいだろうと、男の欲望をそそる身体つきだった。

(いい身体してるじゃないか、四十歳の人妻とは思えないな)

ふと、落ちていた白い帯締めが目に入った。

あの金属のフックに引っかけて吊るされていたあんこうと、季実子の姿がダブって脳裏に描かれる。

「な、何をするおつもりなの？」

「え？」

ほっそりした紐のような帯締めを拾いながら季実子の顔を見れば、怯《おび》えるような視線をこちらに向けていた。

英吉は戸惑うものの、季実子を見てハッとした。

長襦袢一枚の無防備な格好で、肉づきのいい太ももをすりすりと、よじらせている。

怯えたような表情の奥で、何かを期待するように瞳を潤ませている。

英吉は思いきって言った。

「……あ、あの、縛っても？」

「え？」

純白の長襦袢の季実子が、顔を曇らせた。

「い、いや違うんです。その……あんこうなんて言うから……吊るして欲しいのかな、なんて……」

英吉は慌てて言う。

するとと、季実子は顔を赤くして、目をふせながら口を開いた。

「したいの？　そういうこと……」

「い、いや……」

戸惑いつつ、しかし英吉は猛烈に昂ぶっていた。

「したい……かな……」

ぽつりと言うと、季実子はしばらく逡巡していたものの、うっすらと笑みを見せて英吉を見つめた。

「……いいわ。縛ってください……ウチの人は一度寝たら絶対に起きないわ。大丈夫ですから……」

長襦袢の熟女が恥ずかしそうに言う。

「い、いいんですね」

確認すると、季実子は小さく頷いた。

（い、いいのか？　今日初めて会った男なのに……緊縛プレイなんて……）

それだけ信頼してくれているのか。

それとも、元々縛って欲しかったのか。

帯締めを手首にかけると、季実子はうかがうような上目遣いを向けてくる。

やはり季実子はマゾなのだろう。

怯えるような素振《そぶ》りを見ていると、無性にいじめたくなる。

英吉は彼女の両手を帯締めできつく縛り、余った部分を持って罪人のように引っ張っていく。

そうして座敷の鴨居《かもい》の下まで連れて行き、帯締めを鴨居に引っかけて、そこを支点にしてグイと引っ張った。

「ああッ……いやっ」

季実子は両手が引っ張られて、頭上に掲げられる。

ここの座敷は天井も鴨居も高い位置にあるから、季実子はバンザイした状態でピンと身体を伸ばして吊り下げられた。

「うっ……」

ぎりぎりまで帯締めを引っ張っているので、季実子の身体は爪先立ちになりそうなほど伸びあがっている。

季実子がつらそうに眉をひそめ、身体を揺らす。

吊り下げられている鴨居が、ぎっ、ぎっときしんだ音を立てた。

（おおうっ……エ、エロいな……）

長襦袢一枚の美しい熟女が、縛られて吊り下げられている。

髪をアップにして見えるうなじも、ふくよかなバストもムッチリした尻も、すべて無防備で、英吉の思うままだ。

英吉はハアハアと息を喘《あえ》がせる。

「いい格好ですよ、奥さん……」

英吉はトレーナーを脱いで、素っ裸になって季実子を煽《あお》る。

季実子は、

「いや……そんなことおっしゃらないで……恥ずかしいんです……こんな格好なんて」

と、かぼそい声を出して、イヤイヤと頭を横に振る。

季実子はつらそうに眉間に悩ましい縦ジワを刻んでいた。

だが垂れ目がちな瞳は潤み、品のある唇がわなわなと震えている。口元のほくろが、もっといじめてと訴えているようなエロさを感じる。

「ウソでしょう。奥さん、縛られたかったくせに」

「そんなことありません……」

季実子は口惜《くや》しそうに唇を嚙みしめている。

英吉は欲望のままに吊るされた季実子に近づき、長襦袢の上から胸のふくらみをぎゅうと鷲《わし》づかみにした。

「くぅぅ！」

季実子が身をよじる。

両腕をバンザイするような格好だから、長襦袢の袖が落ちてきて、柔らかそうな二の腕と腋《わき》の下《した》が見えた。

「おっ、腋の下もいやらしいな……汗の匂いがたまんないや」

無防備にさらけ出された腋の下に顔を埋め、くんくんと嗅ぐと、汗の甘酸っぱい匂いがした。

「い、いやっ！　そんなところ嗅がないでっ、ああん……そんな恥ずかしいことするならほどいてください」

季実子は真っ赤になって抗うも、太ももをもじつかせている。

いじめられて「いや」と抵抗を口にしているくせに、興奮しているのだ。

「そんなこと言って……腰が動いてますよ」

煽りながら、英吉は長襦袢越しのヒップを撫でまわし、同時にもう片方の手でたわわに実る乳房を揉みしだく。

若い女にはない、しっとりした柔らかさだ。

たまらなくなってきて、前から季実子の長襦袢の襟元《えりもと》を開く。

「あっ……」

季実子が恥じらいの声を漏らすのと同時に、真っ白い乳房がこぼれるようにまろび出た。

（おおっ……）

思った以上に大きな乳房だった。

裾野《すその》がわずかに垂れてはいるものの、それが熟女らしくていやらしいおっぱいだ。

乳輪は大きめでココア色にくすんでいる。

乳首もデカい。

「い、いやっ……」

季実子が乳房を隠そうと身をよじる。

もちろん縛られて吊るされているのだから、隠すことなど不可能だ。

「エロいおっぱいですね、奥さん……」

煽ると、季実子は顔をそむけてギュッと目をつむる。

大きさもそうだが、透き通るような白い乳肌に驚いた。まさにコラーゲンの恩恵か、手を伸ばして両手で生乳を揉みしだく。

すると、

「あっ……はあんっ……」

美熟女は甘い声をあげて、吊るされた肢体をのけぞらせる。

「感じ方がいやらしいな。やっぱりこうして縛られて吊るされると、興奮するみたいですね」

季実子はイヤイヤと首を横に振るも、ハアハアと息が乱れてきていた。

いやがっていても、季実子の様子を見れば丸わかりだ。

吊るされたときから彼女の身体はしっとり汗ばみ、発情したような匂いが強くなってきて、表情もとろけてきていた。

ゾクゾクしながら英吉は腰を落とし、乳輪にむしゃぶりついて乳首をチューッと吸いあげる。

「ぁあああん……」

季実子が顔をぐっとのけぞらせる。

あの可愛らしい美熟女が、泣き出しそうな媚《こ》びた表情を露《あら》わにしている。

ますます興奮し、乳房にぐいぐいと指を食い込ませて形をひしゃげさせる。

「気持ちいいんでしょう？　吊るされて乱暴されるのが」

煽るごとに昂ぶりが増す。

さらにしこってきた乳首を舌で舐め転がしながら、軽く歯を立てた。

「くぅ！」

季実子の身体がビクッと大きく痙攣し、顎が跳ねあがった。

鴨居がギシギシときしんだ音を立てる。

細い帯締めが、ほっそりした白い手首に食い込んで、縄で縛られたような痕《あと》がついていた。それにも昂ぶった。

「旦那さんにも、こんなことされてたんでしょう？　それも若いときから。でも最近はしてもらえなくて、寂しかったんでしょう」

煽りながらまた、乳首を甘噛みする。

「くぅぅ……ううっ……し、してない……してませんっ」

季実子が首を横に振ると、後ろで結わえていた黒髪がほどけ、肩にさらりとしなだれかかった。

「してたでしょう？　だから吊るされたあんこうを見て、濡らしてたんだ。今も濡らしてるんでしょう？」

「濡らしてなんてッ……」

季実子がキッと睨んできた。その表情もいい。

欲望にかきたてられた英吉は、吊るされた季実子の足下にしゃがみ、長襦袢の裾を割った。

「うっ……」

と呻いて季実子が恥ずかしそうに顔を伏せる。

英吉は思わず息を呑んだ。

パンティどころかTバックも穿いておらず、女の園が剝《む》き出《だ》しで、しかもワレ目はぐっしょりと濡れていたのである。

5

「ノ、ノーパンで……おまけに濡らしてるじゃないですか。しかも、こんなにぐっしょり。おもらししたみたいだ」

実際に季実子の股ぐらは、太ももに愛液が滴《したた》るほど濡れている。

指でワレ目をいじる。

「くっ……ううっ……」

季実子はつらそうにすすり泣きをするも、太ももが緩《ゆる》んでいた。

「ほら、気持ちいいんでしょう。こんなに濡らして……あんこうみたいに吊るされて、こうしていじめられるのが好きなんでしょう？」

「い、言わないでっ……言わないで……」

季実子はイヤイヤとかぶりを振りたくる。

泣きそうな目が、男の獣性《じゆうせい》をさらに煽ってきていた。

英吉は股間を滾《たぎ》らせつつ、季実子を見上げた。

「ホントは最初から、こうして欲しかったくせに……」

英吉は季実子の足下にしゃがんだまま、右脚の膝裏をつかんで大きく開かせ、その太ももを自分の肩に乗せて閉じられないようにした。

「あっ、や、やめて……」

片足立ちで、季実子が叫ぶ。

英吉は鼻息を荒くしながら、開いた陰部を見つめた。

足が開いているから淫唇《いんしん》も広がって、内部の鮮やかな赤みを覗かせていた。

(エロいおまんこして……)

濃い匂いを発散させる陰部に口を寄せ、舌先を無理に押し込んだ。

「くうっ！」

季実子は眉をひそめ、吊るされた身体を大きく揺すった。

舌先でピンクの陰唇をめくりあげ、蜜にまみれた襞《ひだ》を舐めしゃぶっていく。

「はあああ！　ああっ……ああっ……」

季実子の悲鳴が一オクターブ上がった。

「好きなんでしょう？　こうして吊るされていじめられるのが」

上目遣いで言うと、季実子はもう泣き出しそうな顔で、ついにこくこくと頷いた。

「ああんっ……そ、そうよっ……好きなのっ、縛られるのが……いじめられるの

和服の似合う上品な熟女は、いよいよ貞淑《ていしゅく》な人妻の仮面を剝《は》いで、本心から乱れたいという欲望をさらけ出す。

「なら、これがいいんですね」

言いながら、英吉の舌がクリトリスをとらえた。

「はあっ！　あああああっ」

乱れた長襦袢姿の熟女は、片足立ちでひときわ大きな悲鳴をあげる。

さらに舐めた。

舐めれば舐めるほど愛液が湧き出てくる。

ツンとする味が魅惑的だ。

英吉は唇を淫唇につけて、じゅるじゅると吸い上げる。

「いやあああん……お、お願いっ……もう入れて……焦《じ》らさないで……」

季実子はここに欲しいの、とばかりに英吉の顔に股間を押しつけてくる。

もうこちらもガマンできなくなった。

英吉はいきり勃《た》つ勃起の根元を持ち、季実子の背後にまわる。

吊るされているから、前からは難しい。

それに加えて、やはりこの奥さんの魅力はケツだ。

見るからにバックで突き上げたくなる大きな尻を楽しみたい。

英吉は長襦袢を腰までまくりあげて、落ちないように裾を帯に挟《はさ》み込んだ。

（うわっ……で、でかいっ）

四十路の女盛りのヒップは、むちむちと張りつめて、すさまじい量感を見せている。

尻の丸みは目を見張るほどで、深い尻割れがなんとも扇情的《せんじょうてき》だ。

手のひらを尻に這わせていくと、柔らかいのに弾力があって、しかも驚くほどになめらかな尻肌をしていた。

やはりあんこうのコラーゲンのおかげなのか、悩殺的なヒップだった。

「すごいお尻ですね……」

英吉はため息交じりに言わずにいられなかった。

季実子は吊るされたままこちらを肩越しに見るが、もういやがらなかった。

眉根を寄せて、口を半開きにしている。

口元のほくろがいやらしかった。

彼女の腰をつかむ。しっかりとくびれている。

蜂のように腰は細いから、なおのこと尻の迫力がすさまじいのだ。

「たまりませんよ、奥さんっ」

鼻息荒く、英吉は吊るされた人妻のバックから蜜壺《みつつぼ》をずぶずぶと貫《つらぬ》いた。

「あああ！」

季実子は両手で吊るされている帯締めを握りしめ、大きくのけぞった。

濡れそぼった膣道《ちつみち》をカリ首が押し広げる感触があって、ぬめった蜜壺の奥まで侵入すると、きつく膣襞が締めつけてくる。

さらに根元までズブリと串刺しにすると、

「あンッ！」

季実子は歪んだ悲鳴をあげた。

中はもうどろどろだ。

股の間から、愛液が流れている。

「す、すごいですよ。この濡れ具合……欲しかったんですね」

立ちバックで犯しながら、季実子の耳元でささやく。

「あっ、ああッ……だって……だって……窪塚さんがいじめるからよ。あんな風にいじめられたら……」

「いじめられたら、興奮しちゃうんですね？」

煽りながら猛然と腰を振れば、季実子は力強く頷いた。

「はあああっ……！　そ、そうよっ……吊るされたあんこうを見て、欲情してしまったのよ……こうされたかったの……ああんっ……ああんっ……」

季実子はついに恥ずかしい告白をして喘ぎ続ける。

「ああ、やっと言ってくれましたね……奥さん」

英吉はささやきながら、熱く滾《たぎ》った女の坩堝《るつぼ》に、したたかに硬くなった肉竿を打ち込んでいく。

パンパン、パンパンと尻肉の打擲音《ちょうちゃくおん》が響き渡り、女の股からは、さらに悦びの蜜があふれ出す。

（くうう、なんてケツだよ……）

丸々とした尻の弾力がすさまじかった。

腰をぶつけるたびに、尻肉がぶわわんと押し返してくる。

「ああ、奥さん……最高です。最高の身体だっ」

これほどまでに気持ちのいい立ちバックは初めてだ。

心の奥底からエネルギーが湧いてきて、まるで若い頃のように、怒濤《どとう》の連打を繰り返してしまう。

「はあんっ……は、激しいっ……いやっ、いやあ……！」

季実子はバンザイして吊るされたまま、困惑したような声をひっきりなしに漏らしていた。

（これもあんこう鍋のパワーかな）

晩秋の夜は冷えるのに、身体は燃えるように熱くなっている。

英吉はさらに突いた。

突いて突いて、突きまくる。

「はあんっ、あんっ……だめっ、き、気持ちいいっ……」

季実子が肩越しに、とろけた顔を見せてきた。

なんて淫らな表情だ。

英吉は長襦袢の帯をほどき、背後からギュッと季実子を抱きしめる。

汗ばんだもちもち肌。

甘い柔肌《やわはだ》の匂い。

生々しい発情の匂い。

たまらなくなり、ぐいぐいと奥までえぐるように穿《うが》つと、季実子の奥が疼《うず》いているのが伝わってくる。

両手を後ろから差し入れて、硬くなった乳首を指でひねり上げれば、膣が今まで以上に力強く勃起を締めてくる。

「ああん、やだっ、とろけちゃう……あんっ、久しぶりだから、もうだめっ……イッちゃうう……！」

季実子のヨガり声にますます燃えた。

細い腰を両手でがっちりつかみ、さらに奥までがむしゃらに突いた。

「あっ！　あああっ、あああっ……そんな……だめっ……ああんッ！」

季実子が背をのけぞらせる。

同時に膣肉がペニスを搾《しぼ》ってきた。もうこちらも限界だった。

「ああ、で、出るッ……」

「ああん……い、いいわ……来てっ……私の中にいっぱい注《そそ》いでっ」

その言葉が引き金になった。

グイッと奥まで突き刺した後、猛烈な爆発を感じた。

「あっ……！」

腰を押しつけたまま、どくんっ、どくんっ、と、熱い精液が季実子の中に噴き出していく。

放出の気持ちよさに魂が抜け落ちた。

女の欲深さを垣間見た《かいまみ》ようで、英吉はあんこうのおかげで、新しい扉を開いたような気がした。

第三章　小料理屋の女将がきりたんぽを

1

「急にひどくなったな……」

英吉はコートのフードを被《かぶ》り、うつむきながらひとりごちた。

すさまじい風と顔に当たる雪の粒。荒れ狂う猛吹雪《もうふぶき》で音も聞こえない。

厚手のコートも革靴の中も、濡れて冷たくなっている。

北海道生まれだから、冬の厳しさはわかっているつもりだった。

だが東京に十七年もいると、すっかり北国の冬のすさまじさを忘れてしまっていたのだ。

（さみぃな……ど、どうする……？）

目的地は秋田市内の住宅地。

バス停から歩いて十分くらいと聞いていたから、バスを降りて国道を歩き出したらいきなりこんな有様《ありさま》だ。

少し歩けば家々も見えてくるはずなのだが、吹雪がすごくて何も見えない。まだ午後の三時だというのに薄暗くなってきた。

(クルマすら走ってないし。まいったな……)

英吉はかじかむ手でスマホを触る。

地図を見ると、目的地はほんの百メートル先だ。これならいけるだろう。

歩き出すと、いきなり右足が雪に埋まった。

「ぬわっ」

慌てて足を抜く。革靴の中は雪まみれで、靴下もぐっしょりだ。爪先が痛いほどかじかんでいる。

視界が悪いから、スマホのライトで照らして歩くが、あまり意味がなかった。

慎重に歩いていたら、疲れて足が重くなってきた。

このところまったく運動しておらず、体力の衰《おとろ》えを感じる。もう若くないなと思うのは、こういう切羽《せっぱ》つまった時だ。

(おいおい、住宅地で遭難なんて洒落《しゃれ》にならんぞ)

大げさなことを思っていると、また雪の溜《た》まりに足を取られて転んでしまった。

（やばっ、あ、歩けないぞ）

立ち上がろうとしても力が入らなかった。

なんだか急に、瞼《まぶた》が重くなってきた。

誰かがいるような気がするけど、誰かはわからない。

「あ、あの……窪塚さん？　窪塚さんですよね」

ふいに女性の声がして肩を揺すられた。

「え？」

ゆっくり瞼を開いて、声の方を見る。

フードを被った女性だった。

雪のように色白の肌に、鼻筋の通った彫《ほ》りの深い端正《たんせい》な顔立ちだ。

長い睫毛に、重たげな瞼がちょっと憂《うれ》いを帯びていて、こんな時でも色っぽい女の人だなと感心してしまった。

「あ、あの……」

英吉が冷たくなった口を開くと、女性はホッとしたように柔和に笑った。

「私が仲村結衣《なかむらゆい》です。よかった。窓から外を見てたら吹雪の中で人っぽい影が見えたので……まさかと思って表に出てみたんです」

優しい声が、耳に届く。

彼女の肩を借りて立ち上がると、吹雪は弱まってきて、見たら目的地の彼女の家の前だった。

2

「『福富《ふくとみ》』の女将《おかみ》さんちの前で、野垂《のた》れ死《じ》にしそうになったんだって?」

電話の向こうで野上《のがみ》が笑った。

ストーブの前に陣取り、手や足を出していたらようやく暖まってきた。

濡れた服は全部脱いで、結衣に乾燥機に掛けてもらっている。

着ているジャージは結衣の旦那のものだ。

さらに新品のTシャツとパンツをいただいて穿《は》かせてもらっている。

「笑い事じゃねえよ。いやあ、秋田の冬を舐めてたわ。バス停から歩いて十分って聞いてたからさあ」

「おまえ北海道だよな? 吹雪なんか慣れてるだろ」

「いや、もうすっかり東京人だからさ。マジで油断した。こんなにすごかったたっけって、びっくりしたよ」

「あほか。まったく……女将さんに感謝しろよ」

　野上の言葉に、英吉は「もちろんだ」と返事をした。

　今回秋田に来たのは、またまた編集長が、

「秋田のきりたんぽ鍋も取材したらどうかな。ついでに秋田美人の写真も載せたら誌面が華やぐし」

　と、思いつきでそんなことを言い出したのが原因である。

　秋田に知り合いは多くなかった。

　だが、昔、出版社にいた元同僚の野上が転職して郷里の秋田に戻ったのを思い出して、野上に「奥さんにお願いできないか」と連絡してみると、

「ウチのはだめだってさ。だから代わりに『福富』の女将さんにダメ元で訊いてみたら、家でつくってもいいってよ。それでいいんだろ？」

「『福富』ってなんだっけ」

「おまえ、一回連れてってただろ。ウチの近所の小料理屋だ。女将さんがすげえ美人で色っぽくて」

　そこで英吉は思い出した。

たしかに目鼻だちのはっきりした秋田美人で、もう一度会いたいと思っていたのだ。

彼女にきりたんぽ鍋をつくってもらい、その女将さんも誌面に出てもらえば、編集長も満足するだろう。

それで、女将さんにアポを取って来てみたはいいが、この状態である。

「明日帰るのか？」

野上が訊いてきた。

「いや、日帰りだ。締め切りがあるからな。ゆっくりしてられないよ」

「帰りに吹き溜まりに落ちて凍死とかするなよ。春になって雪が解けて、おまえが出てきたとか気味が悪いからな」

相変わらず口の悪いやつだ。

ちゃんとタクシーで帰ると言ってから、電話を切った。

血がめぐってきたからだろう、爪先や手の指が痒《かゆ》くなってきた。でも痒いのは指がある証拠だ。

客間のドアが開いて、女将さんの結衣が入ってきた。

「よかった。顔色が戻ってきましたね」

結衣が横に座って、安堵の色を浮かべる。

（キレイな人だなあ……）

ミドルレングスの栗色の髪が、肩口に柔らかく垂れている。

ぱっちりした目に長い睫毛。雪のように肌が白い。

（ハーフかな？　確か三十歳だったよな）

白のセーターを着て、茶色のウール生地のような厚手のフレアスカートを穿いている。

地味な格好だが、胸の大きなふくらみがたまらない。

（いかん）

このところ取材先でいい思いばかりしているので、視線がいやらしくなってしまう。

だけどまあ、死にかけても、こんなことを考えられるのだから、どうやら頭も正常のようだ。

「すみません、いろいろ……助かりました、あの……女将さん」

石油ストーブの前で体育座りしながら頭を下げる。

結衣がはにかんだ。

「ウフフ。今日は、私、女将さんじゃないんでしょう？」

彼女は笑うと、ぐっと可愛らしくなる。

「すみません、それじゃあ……あの……」

「結衣でいいですよ」

目を細めて見つめられる。

ほんわかとしていて、一緒にいると心が安らぐ。さすが小料理屋を切り盛りしている女将さんだ。

そして抱き心地がよさそうな、わりと肉感的ボディの色白の秋田美人である。

ギュッとしたらあったかいだろうな、なんて思っていたときだ。

「もう少し、あったためた方がいいかしら」

「えっ⁉」

女将さんが立ち上がったから、英吉はドキッとした。

しかし、当然ながらそのまま抱きついてくるわけなどなく、結衣はストーブの前まで行って温度を調節し始めた。

（ああびっくりした……おっ）

結衣がしゃがんだので、ヒップの丸みが強調された。

厚手のスカートに浮かぶ尻の丸みがエロい。

三十歳の女盛りのデカ尻に、ますます英吉はムラムラしてしまう。

「それじゃあ、きりたんぽ鍋、つくりましょうか」

結衣が振り向いてニコッと微笑む。

色白で顔のパーツのひとつひとつが大きくて、彫りが深い。まるで北欧の妖精みたいだ。

「あの……結衣さんって、もしかしてハーフ、ですか？」

客間を出てキッチンに向かう途中、気になって訊いてみた。

彼女は振り向いて、クスクス笑った。

「いいえ。秋田生まれの秋田育ち」

「へぇえ……じゃあ、生粋《きっすい》の秋田美人だ」

「美人なんて、そっただこと、しょしいなあ」

彼女が妙な言葉を口にした。

「へ？」

「ごめんなさい、秋田弁で『恥ずかしい』って意味なの」

結衣が真っ赤になりながら説明してくれた。

(可愛い人だなあ。こんな人と一緒に暮らせるなんて、旦那さんがうらやましい)

「あっ、そういえば旦那さんは……?」

訊くと、結衣が振り向いた。

「お店に行ってます。吹雪の前に出かけたので」

「あれ? 旦那さんもお店に出てるんですか?」

旦那は勤め人だと訊いていたのだが、勘違いだっただろうか。

「ほとんど趣味みたいなもので、お友達と飲んだりするときだけ。私も夜になったらお店に出ます」

「なるほど」

キッチンに入る。

さすがお店の女将さんで、普通の家庭よりもキッチンが広い。

ふいに子ども用の皿とスプーンが洗ってあるのが目に入り、えっ、と思った。

「あれ? もしかしてお子さんがいらっしゃるんですか?」

鍋を準備していた結衣が、楽しそうに笑った。

「一歳半の娘がいるんです。もう夜泣きがひどくて」

「あ、そうなんだ」

驚いた。若々しいから、子どもはいないとばかり思っていた。

だが三十歳なのだから、ちょうどそんな年頃の娘がいても不思議ではない。

「でも、じゃあ大変でしょう？　お店もあるのに」

「そうね。だからお店はしばらく週末だけの営業にしてるんです。近くに実家があるから、子どもを預かってもらって。今日もそう」

言いながら、すり鉢の中に温かいご飯を入れていく。

「あっ、これできりたんぽをつくるんですね」

英吉はカメラを向けながら尋ねる。

「よく間違われるんですけど、これ、たんぽって言うんです。これを切って鍋に入れるから、切りたんぽ」

「そうなんですか」

写真を撮りながら、相づちを打つ。

今回は「秋田美人の奥さんも誌面に入れる」とのオーダーだし、結衣にも了承をもらっているから、堂々と結衣を撮影できる。

（しかし、ホントにキレイな奥さんだな）

カメラを向けながら、ドキドキしてしまう。

ついついレンズが白いセーターの胸元に向いてしまう。

元々大きいのか、それとも子どもを産んで大きくなったのか……。

「窪塚さんは？」

「え？」

急に振られて、慌ててカメラを落としそうになった。

「ごめんなさいね、撮影中に。お子さんはいらっしゃるのかなと思って」

「あっ、まだ独身なんで」

「確かにまだお若いものね。窪塚さんって、おいくつなのかしら」

「若くないですよ。もう三十五ですから」

「もっと若く見えたわ。雑誌とかつくるお仕事って、きっと感性が若くないとだめなんでしょうね」

結衣は手際よく準備しながら、いろいろ話しかけてくれる。

さすがは客商売で培《つちか》った話術、自然と会話が弾む。こんな美人で気さくな女将さんがいる店なら毎日通ってしまうだろう。

ご飯をすりつぶし終えると、それを串に巻きつけて、鍋に入れる前にフライパンで焼き目をつける。

秋田と言えば比内《ひない》地鶏だ。

これでガラスープをつくって醤油で味付けしていく。

「他にも魚醤《ぎょしょう》でつくる、しょっつる鍋とか、ご飯を丸めて団子にして入れるだまっこ鍋とか、秋田は鍋料理が豊富なんですよ」

さすがは小料理屋の女将さんだ。いろいろ詳しくて、ためになる。

鍋がぐつぐつ煮えてくると、キッチンの温度も上がってきて、汗ばんできた。

結衣もセーターの袖をまくって、手の甲で額の汗を拭《ぬぐ》っている。

真っ白い肌がピンク色に上気《じょうき》してきて、色気が増していく。

「ふうっ、熱くなってきちゃった。セーター、脱いできてもいいかしら？」

「いいですよ」

伝えると、彼女は弱火にしてからキッチンを出てリビングに行き、ドアを開けっ放しのままセーターの裾をまくりあげた。

（そこで脱ぐんだ。料理の途中だからかな？）

結衣はセーターの下にTシャツを着ていたようだが、静電気のせいでTシャツも一緒にまくれあがる。

セーターを頭から抜くとTシャツも一緒に脱げそうになって、ピンク色のブラジャーに包まれた乳房がもろに目に飛び込んできた。

(おおっ！　おっぱい、で、でっか……ん？)

ブラの隙間から、白い液体が垂れていた。

(なんだあれ？)

気になって、ずっと見ていたのが悪かった。

結衣は慌ててTシャツを下に引っ張ってから、こちらを見てハッとした。

(まずいっ)

慌てて視線を泳がす。

「あ、あの……おっぱいが張っちゃって……ちょっと着替えてきますね」

脱いだセーターで胸元を隠しながら結衣が言って、そのままリビングから出ていった。

(あれ、母乳かな……垂れるほど出るんだ、母乳って)

英吉は息を呑んだ。

(あのまま鍋をつくってたら、母乳が鍋に入っちゃったりして……)

豆乳鍋ならぬ母乳鍋。

醤油が少しマイルドになって、味変にいいかも。

などとくだらないことを考えていたら、Tシャツにカーディガンを羽織《はお》った結衣が戻ってきた。

「ごめんなさい。最近おっぱいが張ってしまうことが多くて。お店でもたまに肌着がびしょびしょになっちゃうの」

「えっ、ああ……それは、大変ですね」

胸元を見ないように、必死に視線を別のところに向けるのが大変だった。

3

窓ガラスがガタガタと音を立てている。

夜になって、また吹雪がひどくなってきたようだ。

窓の外を見れば、先ほどまで見えていた住宅地の明かりが、見えなくなっている。

「すごいわね、音が。こんなにひどい吹雪は今年初めてかも」

結衣もできあがった鍋をテーブルに乗せ、窓の外に視線をやった。

「タクシーとか、電話すれば来てくれますかね」

心配して言うと、

「うーん。ちょっと来てくれないかも。ここ、坂道になっているから、大雪とかアイスバーンのときに、嫌がられるのよね。今日帰るんでしたっけ？」

「そのつもりだったんですが……あ、やばっ……」

スマホで調べると、新幹線が大雪のために臨時運休していた。

「新幹線、止まったみたいだ。まいったな」

復旧の見込みなしとある。

ひとまず駅まで行ってみようか。運転再開しなくても駅近くならホテルがあるだろう。

だが問題は、駅に行けるかどうかだ。

「なら泊まっていかれたら？」

「は？」

ドキッとした。

あまりにあっさり言われて、英吉は困惑した。

なにせ先日の漁師の奥さんの件もある。

あのときも一晩泊めてもらって、あんこう鍋よりももっと温まる最高の接待を受けたのだ。

（いや、さすがにこの奥さんは無理だよな……）

うまい具合にあしらわれる場面が、容易に想像できた。

「でも、結衣さんもこの後、お店に行かれるんですよね」

「そのつもりだったんですけど、ちょっと無理かなと思って。お客さんも来ないだろうし。ウチの人もそのうち帰ってくると思うのよ」

「そ、そうですよね」

窓を見る。

かなりの猛吹雪だ。やみそうになかった。

そんな中、彼女のスマホが鳴って、通話を始めた。

どうやら旦那からのようだが、会話するうちに少しずつ表情が曇っていく。

電話を切って、結衣は小さくため息をついた。

「この吹雪でお店から出られなくなっちゃったから、今晩はそのまま店を開けて常連さんたちと飲んでるって」

「え？」

一気に体が熱くなる。

「あ、あの……今日の取材のこと、知ってるんですよね？」

結衣が頷《うなず》いた。

「もちろん知ってるわよ」

家に知らない男と奥さんがふたりっきりなのに、旦那は心配ではないのだろうか。

いや、そもそもだ。

取材の時に奥さんひとりにしておくのも、旦那としてはどうかと思う。まだ三十歳でしかもこんなに美人なのだ。

結衣の表情を見た。

沈んでいるのは旦那に対してなのだろうか。

それとも英吉を警戒しているからか……？

「あ、あの……じゃあ俺、鍋をいただいたら今日は帰りますから」

「え？ 危ないわよ。こんな猛吹雪の中、知らない土地の夜道を歩くなんて
……」

「吹雪がやむまで、いさせていただければ」

「そうね。せめてそうした方がいいわ」

結衣もさすがにこの状況で「泊まっていって」とは口にしなかった。

「じゃあ、食べましょうよ」

結衣がお椀に取り分けてくれたたんぽを、ふうふうしてから口に運ぶ。

濃いめの醤油が染みた、餅《もち》のような食感だ。

「旨いですね。醤油の味がしっかり染みて、ほくほくしてる」

地鶏も野菜も甘くて旨い。いくらでも食べられそうである。外は吹雪だが、寒い日の鍋は格別だ。

食べていると、ふいに結衣が言った。

「写真は料理とかばかりなのかしら？」

「え？」

英吉は箸を止める。

「さっきモニターで見せてもらったでしょう？　すごく美味しそうに撮れていて、さすがプロって感心しちゃって。人を撮るのもお上手なんじゃないかって」

「人も撮りますよ。今回も、結衣さんのお写真も誌面に載せますから、気合い入れて撮りました」

テーブルの向こうの結衣に、デジカメのモニターを見せる。

「あっ、すごい。やっぱりお上手だわ」

「いや、そんな」

被写体《ひしゃたい》がいいからです、と言いそうになってやめた。

なんと言っても、今はふたりきりなのだ。

へんな空気になったりしたら、気まずくなってしまう。

（それにしても、吹雪は全然おさまんないな）

相変わらず窓ガラスはガタガタと震えて、風の音が強い。吹きつける雪で窓も白くなってきていた。

「ねえ、地元のお酒があるの。よかったら、一緒にいかが……」

「いや、でも帰らなくちゃならないですから」

「少しくらいならいいでしょう？」

強引に勧められ、断れなくなって飲むことにした。

結衣が立ち上がり、キッチンに行ってお猪口《ちょこ》と日本酒を持ってきた。

「はい、どうぞ」

結衣が立ち上がって、日本酒を注いでくれた。

前屈《まえかが》みになっているから、Tシャツの襟《えり》ぐりから、白いブラジャーと胸のふくらみが見えた。

（ああ……谷間が見えたっ。Ｔシャツの胸元が緩《ゆる》いから……）

ほんのり朱色に染まった乳肌と、白いブラのコントラストが実にエロい。

先ほどの母乳が思い出されて、股間が疼《うず》いてしまった。

「ね？　美味しいでしょ、キレがあって」

結衣がお猪口に口をつけてから、ニッコリ笑う。

「えっ、ああ……ええ……」

確かに美味しいが、それよりもふたりきりというこの状況が気になって、一向《いっこう》に酔えなかった。

そろそろお暇《いとま》しないとなあ、と思っていたときだ。

「窪塚さん、結婚しようと思ったことはないの？」

いきなりプライベートな話を振られて驚いた。

「ありますよ。でも、結局仕事が忙《いそが》しくて……」

このところ、立て続けに人妻といい関係になってからは、独り身がちょっと寂しいなと思うようになった。

「でもモテそうよ。職業的にも出会いが多そうだし」

「いやあ、モテそうだなんて初めて言われましたよ。うれしいなあ」

照れ笑いしながらも、内心はドキドキだ。

(さすが。客あしらいがうまいというか、なんというか)

お世辞を信じるほど初心《うぶ》ではないので、話半分に聞いていると、結衣が手酌《てじゃく》でお猪口に酒を注ぎながら、ため息をついた。

「取材でいろんなところに行けるなんてうらやましいわ。私は、なかなか外に出られないから。子どもも小さいしお店もあるし」

「でもその年齢でお店持って、子どももいて、幸せの真っ只中って感じですよ」

言うと、彼女はお猪口を飲み干して真顔になった。

「酔っちゃったし、知り合いというわけでもないから、愚痴のひとつも聞いてくれる？　子どもができると、男の人ってこんなにも醒《さ》めるのかって驚いているの。みんなそうなのかしら」

ちょっときわどい話になってきて、英吉は訝《いぶか》しんだ。

親しい訳でもない人間に愚痴りたいほど、どうやら女将さんはいろいろため込んでいるらしい。

(まあお客さんにも愚痴なんか言えないもんなあ。旦那の耳に入るし……)

英吉は曖昧《あいまい》に頷いた。

「どうですかねえ」

結衣は英吉の返事を無視して続ける。

「旦那から見れば、私って妻じゃなくて、ただの母親になっちゃうみたいなのよね。いや、元々夫はその……」

そこで一瞬言いよどみ、結衣はちょっと考えてからまた話し出した。

「元々その……そういうことに淡泊《たんぱく》な人だったんだけどね……あんまり興味がなかったというか」

彼女は言葉を濁《にご》しながらだが、明らかに夫婦生活のことを嘆《なげ》いている。

「そ、そういう人もいるんですね……」

英吉が言うと、彼女は赤くなって頷いた。

思わず結衣の胸元を見てしまう。

こんな美人で、しかも大きなおっぱいで、さらに色気もダダ漏れで……毎日ヤリたくなるような女性と一緒に暮らしていながら……セックスに淡泊という旦那のことが信じられない。

彼女は手酌で酒を注いで、また呷《あお》る。体が熱いのか、羽織っていたカーディガンを脱いで、上半身はTシャツ姿だ。

真っ白い肌がアルコールでうっすらピンクに染まっていて、ますますエロい。

ハーフみたいな彫りの深い顔立ちも、とろんととろけている。

「私ね……実はまだ経験人数、二人だけなの……」

「は？　えっ」

びっくりした。

こんな美人なのに男性経験が二人だけなんて、にわかには信じられない。

そんな顔をしていたのがわかったのか、結衣は内実を話し始めた。

「昔はちょっと男性不信なところがあって……結構、これでもモテてたのよ。でも付き合えなかったの……」

そこまで言った後、ちらりと窓の外を見てから結衣は続ける。

「いろんな人としたいというわけじゃないし、家庭を壊すつもりなんかまるでないのよ。ただ、夫はもう抱いてくれないのかなと思うと、女としてはちょっと寂しいかなって」

英吉は鼓動を高鳴らせながら、結衣を見つめた。

（お、おいっ、これってもしかして……）

いや、そんなわけはない。

彼女は寂しいと言っているだけだ。

急にそわそわしだした英吉は、手元のお椀を手に取りながら、上目遣いに盗み見る。

（でも、酔ってるからって、ここまで俺にあからさまに話すってことは……）

結衣が、たんぽを頬張《ほおば》った。

ついつい、結衣が口に入れたたんぽが、卑猥《ひわい》な物を想像してしまい、英吉は箸を滑らせてしまった。

「あっつ！」

ジャージの股間部分にたんぽを落としてしまい、英吉は慌てて立ち上がった。

「大丈夫？　火傷《やけど》してない？」

結衣が布巾《ふきん》を持って、駆け寄ってきた。

「い、いや……大丈夫です。そこまで熱くなかったかな」

言いながら、しゃがんで落ちたたんぽを拾う。

結衣もしゃがんだので、ロングスカートの中が見えた。

真っ白い太ももと、白いデルタゾーンが覗けて、慌てて目をそらす。

（うわ、パンティが……）

ロングスカートだ。

見えるわけがないと思っていたものが見えた。

顔が熱くなってきた。

「拾わなくていいわ。あらあら、汚れちゃったわ」

結衣が立ち上がった英吉の足下にしゃがんでジャージのシミの部分を、ポンポンと布巾で叩いて刺激してきた。

（まずいっ）

慌てて股間を押さえるも、結衣の手が一瞬止まったことで、見られたというのがはっきりわかった。

結衣が、上目遣いに見つめてきた。

「ここにも、きりたんぽが……」

「え？」

小声だが、結衣の卑猥なつぶやきがはっきり聞こえた。

「あ、あの……今なんて……」

聞き返すと、結衣は耳まで赤く染めて、うつむいた。

「ご、ごめんなさいっ。おかしなこと言って。酔ったのかしら……でも……」

彼女がうつむいたまま、震える手でジャージを下げてきた。

「お、奥さん……何を……」

慌てていると、結衣が潤んだ瞳を見せてきた。

「ご迷惑だったら、すぐにやめますから……今日だけ、今まで経験してこなかったことをしてみたいの……」

「ええっ？」

まさかのストレートな発言で、英吉は戸惑った。

ハーフのような端整な顔立ちの美人である。心臓が高鳴る。

（ま、まじか？　信じられん……）

呆然としながらも、英吉は顔を横に振る。

「め、迷惑だなんて……」

結衣はホッとした表情をした。

「よかった」

結衣が英吉のパンツも下ろした。

すると、早くもガチガチになった怒張《どちょう》が飛び出した。

結衣は目を丸くして、そのまま固まってしまう。

(この驚いた顔……男に免疫《めんえき》がないってのは、ホントみたいだな)

男性経験が二人なんてウソだと思っていた。

だが、結衣の今にも泣き出しそうな不安げな目は、あながちウソではなかったと思わせるに十分だ。

「あ、あの……奥さん?」

仁王立ちのまま、しゃがんでいる結衣に上から声をかけた。

見上げてきた結衣の目は潤《うる》んでいた。

「大丈夫ですか?」

「だ、大丈夫よ。こんなにその……大きくなってるの、見たことが、なくて」

結衣は不安げな顔をしていたが、決心したように抱きついてきた。

「うわっ、奥さん……」

「お願い……いいの……寂しいから……」

そのまま床に倒れ込んだ。

目の前に彫りの深い美貌があった。

胸板に押しつけられている乳房の重みがたまらなかった。

理性が飛んで、英吉はそのまま体《たい》を入れ替え、結衣を組《く》み敷《し》いた。

「奥さん……」

見つめながら腰に手をまわした瞬間、英吉は驚いた。

（な、なんだ、この腰の細さは、子どもを産んでるってのに……）

腰が折れそうなほどくびれている。

手を尻にまわせば、やはり三十路《みそじ》を超えた母親らしい大きさだ。

間違いない。

この奥さんは日本人離れしたグラマー体形なのだ。

英吉の興奮はピークに達して、欲望のままに厚手のスカートの上からヒップを撫《な》でまわす。

「あっ……」

ヒップを撫でただけで、結衣が真っ赤な顔をして恥じらった。

（くうう、処女みたいな反応だ。可愛いじゃないかよ）

英吉は早く味わいたいのをガマンして、栗色の髪を撫でた。

光沢のあるすべすべの髪を撫でていると、結衣がぼうっととろけた顔をして英吉の腕の中で身体の力を抜いていく。

（経験が少ないなら、こういうやり方がいいよな）

いきなり脱がすのはやめて、結衣のほっそりとした首すじに窄《すぼ》めた唇を押しつけながら、Tシャツの上から胸のふくらみを揉むと、

「んっ……んっ……」

結衣は真っ赤な顔をして、ビクッ、ビクッ、と肩を震わせる。

（感じ方が初々《ういうい》しいなあ、ホントに人妻か？）

目を細めている結衣に顔を近づけて、キスをする。

「んっ……！」

最初は驚いて、ギュッと口を引き結んでいた結衣だったが、何度もキスしていると、そのうちに受け入れるように目を閉じて唇を半開きにした。

すかさず舌を差し入れる。

結衣もおずおずと舌をからめてきた。

「んううんっ……んうっ……」

人妻はくぐもった声を漏らし、英吉の背中に手をまわしながら、少しずつ舌を動かしてくる。

（ああ、欲しくなってきたんだな）

結衣と交わすキスの興奮が下腹部に宿って、ますます分身に力がみなぎっていく。

「んっ！　ううん……」

英吉の興奮が伝わったのだろう。

結衣は手を下ろしていき、英吉の勃起に触れる。触れただけでシゴくようなことはしてこない。

（まだ羞恥心《しゅうちしん》がある。だったら少し大胆にいこう）

キスしながら、結衣のTシャツをめくりあげ、ブラジャー越しの大きな乳房を揉みしだいた。

「んうっ……」

結衣は恥じらいの声を漏らし、キスをほどく。

「い、いやっ……」

真っ赤になって顔を横に振る秋田美人が、なんともいじらしかった。

「恥ずかしいのはわかります。でも、すごくキレイですから」

「あん、違うの……おっぱいが張って、また母乳が出ちゃうかもしれないから」

いやがったのはそういうことか、と英吉は納得した。

「いいですよ。母乳が出ても。というよりも、ちょっと飲んでみたかったし」

笑いながら言うと、結衣が肩を叩いてきた。

「やあんっ……エッチだわ……もう……でも飲んでもいいけど……美味しくないわよ、きっと」

「美味しくなくても、飲みたいんです」

英吉はすかさず、結衣の背中に手を差し入れてブラのホックを外す。

「あ……ッ」

ブラが緩んでカップをめくると、結衣が恥じらう声をあげて、イヤイヤした。

腕を交差させて隠そうとするので、その手をつかんで押さえつける。

乳房を露《あら》わにされて、人妻は顔をそむけた。

(おおっ、キ、キレイだっ)

色白のきめ細やかな乳肌だ。

しかも母乳がつまっているのか、ぱんぱんに張っていて、仰向《あおむ》けなのに威張《いば》るように突き出している。

乳首は薄ピンクだ。子どもを産んだとは思えぬ可愛らしい乳首だ。

見とれながら、胸のふくらみの中心にキスすると、

「あんッ……！」

結衣はビクッとして、顔をのけぞらせる。

英吉はその反応を見ながら、乳首をゆっくりと舌でなぞりあげ、さらに細かく舌を動かして刺激する。

すると、

「あうう……ああんっ……だ、だめぇっ……」

結衣はイヤイヤと顔を横に振る。

吸い立てると、乳首が硬くシコって、むくむくと尖《とが》ってきた。

もっと吸ったときだ。

口の中にたらりと液体が流れてきた。

（あ、甘いっ……これって）

口を離してみれば、結衣の乳頭部から白い液体が垂れてきていた。

「ああ、結衣さんの母乳って甘いんですね」

訊くと、結衣は耳まで真っ赤にして睨《にら》んできた。

「わ、わからないわ。おっぱいの味なんてっ……あん、恥ずかしいから言わないでっ……ねえっ、いやだったら……」

「いやなんて。美味しいですよ。結衣さんのミルク」

英吉は母乳のシミ出る乳首をぺろぺろ舐めてから、口に含んで吸うと、甘ったるい母乳が口の中にたまっていく。

「あうんっ……はあああっ……だ、だめっ……あんっ、許して……」

結衣は抗《あらが》うものの、腰がじりじりと動いていた。

(おっぱいが張ってるから、感じるんだな)

もっと感じさせたいと、強く吸えば、結衣は艶々した髪を振り乱し、汗ばんだ泣き顔で見つめてくる。

「ああんっ……だめっ……お願いっ……もう……」

涙目の人妻が哀願する。

まるでハーフのような彫りの深い顔立ちの彼女が、大きな瞳を潤ませている。

腰が動いてるなと下を見れば、ロングのウールスカートがまくれて、仄白《ほのじろ》い太ももが露わになっていた。

4

結衣が欲しがり始めた。

だが、彼女は経験してみたいことをしてみたいと言ったのを思い出す。

（経験してないことか……これはどうだろう）

英吉はおそるおそる結衣に言う。

「あの……結衣さんっ……その……パイズリって知ってますか？」

「えっ？」

結衣は訝しんだ顔をしたものの、ニュアンスに淫靡《いんび》なものを感じたのか、ちょっと頬を赤らめた。

「知らないけど……何かしら」

「……おっぱいで男のモノを挟《はさ》んで、こするんです」

「ええ？」

上体を起こした結衣は、英吉の股間と自分の胸元を交互に見てから答えた。

「ホ、ホントに？　おっぱいでシゴくなんて……するの？　お口でするのはわかるのに……それって気持ちいいのかしら」

「男の夢ですよ。大きなおっぱいじゃないと無理なんで。結衣さん、したことないことをしてみたいって言いましたよね」

「言ったけど……ええ？　ホントにそんなことするの？」

「ホントです。仰向けに寝そべるから、おっぱいの谷間に俺のを挟んでみてください」

指示してから、英吉は床に寝そべった。

硬くなったイチモツが、天を向いてそり勃《た》っている。

結衣はそれを見て顔を歪《ゆが》ませつつも、英吉の言うとおりに開いた両脚の間に入ってきて、大きな双丘の谷間にイチモツを挿し入れた。

「そのまま……左右からギュッと挟むんです」

「こ、こう？」

結衣は英吉の肉棒を挟んだまま、大きな乳房を左右から押しつぶした。

「おうっ！」

あったかくて肉感的な乳房にイチモツが包まれて、あまりの気持ちよさに声を出してしまった。

しかもである。

左右からおっぱいを押しつぶしたから、母乳がピュッと飛んで、英吉の下腹部に白い液体がかかり、それがイチモツにまぶされていく。

母乳まみれの肉竿は、きりたんぽというよりアイスキャンディだ。

「やあんっ」

結衣は恥じらいの声をあげ、うつむいた。

「そ、そのまま……母乳がぬるぬるしてるから、ちょうどいいです。母乳まみれのチンポを挟んだままシゴいてくださいっ」

ハアハアと息を弾ませながら、英吉が指示をする。

すると、結衣は困惑しつつも、男根を谷間に挟んだまま自分の身体を揺すって勃起を刺激し始めた。

「くううッ！」

勃起の表皮をデカパイでこすられ、あまりの気持ちよさに英吉は飛び上がりそうになる。

しかも母乳が潤滑油代わりとなって、グチュッ、グチュッ、と音を立てて乳房とイチモツの滑りをよくしていく。

（た、たまらんっ）

痺《しび》れるような愉悦が身体全体を包んでくる。

あったかい母乳と、しっとりした乳肌、それに弾力あるバストに男性器を包まれて、あまりに気持ちよくてペニスがとろけそうだ。

恥じらっていた結衣だったが、しばらくパイズリをしてからこちらを見つめてきて、

「おっぱいの中でオチンチンが熱く疼いてるわ……」

と、イタズラっぽい笑みを見せてきた。

男性器を自分の胸で気持ちよくさせていることに、妖しい愉悦が込み上げてきたらしい。

「疼きますよ、そりゃあ……柔らかいおっぱいにチンチンがシゴかれて、最高ですッ」

汗ばんだ顔で言えば、彼女はうれしそうに笑みをこぼす。

「ウフンッ、私のおっぱいなんかでよければもっと気持ちよくなって。こんな大きなオチンチンを見せつけられて、私もへんな気持ちになっちゃう……」

結衣が隠していた性衝動を見せてきた。

自ら大胆に身体を揺すって、勃起をシゴいてきたのだ。

「くうっ……ゆ、結衣さんっ……パイズリ、気持ちいいです……」

ハアハアと息を弾ませながら訴えると、人妻はうれしそうな顔をした。

「ホントに？　いいのよ、私のおっぱいにかけても……」

結衣のスカート越しのヒップが、もどかしそうにじりじりと揺れていた。

結衣もパイズリで昂《たか》ぶってきたようだった。

英吉は痺れるような射精欲をガマンしながら、結衣に訴えた。

「パイズリしたまま……咥えてください、俺のきりたんぽ」

「え？　あっ……」

意味がわかったのだろう。

結衣は、

「……ウフッ……エッチ……」

と言うも、おっぱいで挟みながら顔を亀頭に寄せ、人妻のふっくらとした口唇《こうしん》で亀頭を大きく咥え込んだ。

「おおうっ……」

おっぱいで挟みながらのおしゃぶりだ。腰が震えた。

結衣はたっぷりと口から唾をあふれさせながら、舌で肉竿の表皮をこすってくる。

「むふんっ……ううんっ……んふっ」

結衣が眉間にシワを寄せて、苦悶《くもん》の表情をしながら大きく口を開けて、パイズリフェラの舐め顔を見せてきた。

「おおうっ……エ、エロッ」

あまりに衝撃的な光景を見たときだ。

(そうだっ)

英吉は手を伸ばしてスマホをつかむ。

そして、パイズリフェラをしている結衣にカメラのレンズを向けた。

「……んっ? い、いやっ……何してるのっ」

結衣がハッとしてフェラチオをやめた。

「撮影するんです。結衣さんのいやらしい顔や仕草を……続けてください。こういうのも初めてでしょう?」

「で、でも……」

結衣は困ったように眉をひそめる。

当然だろう。これは浮気の証拠になる。英吉が誰かに見せないとも限らないのだ。

「信用してください。他人に見せるなんてことはしませんよ。あくまでプレイですから。終わったら結衣さんの目の前で消します」

結衣はしばらく逡巡《しゅんじゅん》した後、うつむいて静かに頷いた。

「じゃあ始めてください。さっきみたいに、いやらしくおっぱいを持ち上げてチンポを挟んでこするんです。それを撮影しますから……」

レンズを向けながら煽《あお》れば、結衣はちらりとそのレンズを見てから、おずおずと再びパイズリを始めた。

「くぅっ……い、いいですよ、もっといやらしく母乳まみれのおっぱいをペニスに押しつけて……」

ＡＶ監督さながらに注文をつける。

「ああんっ……いやあっ……」

結衣は真っ赤な顔をして、涙目になって乳房をムギュッと寄せて、英吉のイチモツをゆったりとこする。

「フェラもお願いします」

股間の結衣にスマホを向けながら言うと、

「ああ……ひどいわ……」

と嘆きながらも切っ先をしゃぶってくる。

ところがだ。撮影していると結衣の気配が変わってきた。

「うふんっ……ううんっ……んううんっ……」

悩ましい鼻声を漏らして色っぽく舌を使ったり、硬くなった乳首でペニスをこすったりして、いやらしい部分を出してきたのだ。

(やっぱりだ。撮影されて興奮してるんだ)

先ほど、撮られることに悦びを感じるような言動をしていたから、試してみたら案の定だった。

「エロいですよ。奥さん……そのチンポの吸い方も全部撮影してますからね」

「ううんっ……！」

結衣が咥えたまま、眉間に縦ジワを刻んで首を横に振る。

だがもう、いやがっているようには見えなかった。

「んっ、んっ……んぐっ……んじゅぷっ……」

唾液の音と、結衣のくぐもった声が混じる。

結衣のパイズリフェラの破壊力に、早くも興奮が最高潮だ。

(だ、だめだっ……もう……)

撮影しながら、英吉は結衣の口からペニスを離して、そのままリビングの床に組み敷いた。

5

英吉は組み敷いた結衣の、はずれかかっていたブラジャーも、厚手のロングスカートも脱がせ、パンティ一枚の格好にさせる。

さらにパンティのサイドをつかんで丸めながら脱がして、スマホのレンズを結衣に向けた。

生まれたままの姿にされた結衣が、恥じらい顔を向けてくる。

「ああんっ……まだ撮るの？」

「そんなこと言って……レンズを向けると、とろんとした目になるじゃないですか」

苦笑して言うと、結衣が睨んできた。

「そんなことないわ」

「そうですかねえ」

英吉は結衣の右手を取って頭上で押さえつけた。

そしてもう片方の手でスマホを持ち、無防備な腋《わき》の下《した》にレンズを向ける。

「あんっ、どこ撮ってるの！」

結衣が身をよじり、手を下げようとする。

その手を力で押さえつけながら、腋窩《えきか》をねろりと舐め上げた。

「あっ……やっ！」

汗ばんでいて、ほのかに甘い香りを漂わせる腋の下は、しょっぱかった。

キレイに剃《そ》られてポツポツがないから舌触りはいい。

「あんっ、そこは……そこは許してっ……汗をかいてるからぁ」

そう言いつつも、結衣はハアハアと息を乱している。

英吉は身体を下げ、結衣のムッチリした太ももを撫でながら、膝をつかんで脚を開かせた。

「あっ……」

結衣が恥部を手で隠そうとする。

それを引《ひ》き剝《は》がして見れば、ぷっくりした肉丘が口を開き、肉ビラの内側も外側もぬめぬめと光っていた。

「あんっ、見ないでっ」

濡れているのがわかるのだろう。

結衣は恥じらい顔をそむけながら、キュッと唇を嚙みしめる。

英吉は結衣の両脚を肘《ひじ》や手で押さえつけつつ、大きく開いた女の園にレンズを向けていく。

「えっ……だめっ……だめっ……撮らないでっ……」

女の花園が画面にばっちり映る。

さらには乳房や、臍《へそ》や、二の腕や、恥じらい顔までカメラをズームにして撮影していく。

「ああ、いやっ……」

結衣は抗う声を漏らすのだが、レンズを向けながら乳首を舐めたり、指でつまんだりすれば、

「はあっ……ああんっ……だめっ、だめぇぇっ……」

と、感じた声が大きくなっていく。

「撮られて、感じまくってるじゃないですか」

煽れば「違う、違うわ」と、結衣は声を荒らげるものの、膣穴《ちつあな》に指を置くだけで簡単に膣内に沈み込んで、ねっとりした粘膜が押し包んでくる。

「違うなんて……おまんこをこんなに濡らして……全部撮影してますからね」

「そんな……」

泣きそうな顔で睨んでくるも、膣の入り口を指で攪拌《かくはん》すれば、

「……んンッ！」

結衣はビクッとして、顔をのけぞらせる。

英吉はもう一刻も待てなくなった。

勃起の根元を持ち、ゆっくりと人妻の姫口に向かう。

いきり勃つものをスリットにこすりつけると、

「やあん」

と結衣は恥じらってレンズから顔をそむける。

英吉はそれでも、レンズを向けながら亀頭部を押しつけた。ぶちゅっ、と水音がして、ぬるりとペニスが嵌《は》まり込んでいき、

「はううっ……！」

結衣はひときわ激しい呻《うめ》き声をあげて、裸身を強張らせた。

英吉はスマホをかまえつつ、左手で結衣の膝の裏をつかみ、ぐぐっ、と前に体重をかける。

切っ先がさらに奥まで沈み込み、

「あああッ！」

結衣が目を見開き、上体を浮かせて顔を跳ねあげた。

女らしい官能美あふれる裸身が、深々と男に串刺しにされて小刻みに震えているのを眺《なが》めながら、英吉は奥歯を食いしばる。

熱い粘膜が分身にからみつき、締めつけてくるのだ。

なんという気持ちよさだろう。

(ああ、こんな美人の奥さんの体内に、俺のチンポが入ってる)

たまらず無理に腰を押し込んでいくと、

「ああん……!」

結衣はつらそうに眉根を寄せ、唇をわなわなと震わせた。

「痛かったですか?」

訊くと、結衣はハッとしたような顔をしてから首を横に振る。

「ごめんなさい。久しぶりだったから……それに……その……窪塚さんのが、当たったことのないようなところに当たってきて……」

結衣がちらりと見上げて、すぐに目を伏せる。

(おお、それって……旦那さんよりも、いい感じなんですね)

訊きたかったが、さすがにそれはやめておいた。

だが結衣のその告白は、がぜん英吉を興奮させる。

わずかに腰を引く。

それだけで勃起の表皮がこすれて、射精しそうになる。だがそれをガマンして、ぐいと腰を送ると、

「ああん……」

こらえきれない喘《あえ》ぎが、結衣の口から漏れてくる。

結衣の膣がピクピクと痙攣《けいれん》している。

微妙に蠕動《ぜんどう》しながら、肉の襞《ひだ》が奥へ奥へとたぐり寄せようとしているみたいだ。

（くうう、こりゃたまらんっ……）

ピストンしながら、結衣を見る。

細い眉をいっそうたわめ、目を閉じて、長い睫毛を震わせていた。

秋田美人の象徴的な色白の肌は、ぬらぬらと汗ばみ、紅を差したようにほんのり赤らんでいる。

撮影されているというのに、女の情感をムンムンと発散して、妖艶ともいえる雰囲気を醸《かも》し出している。

汗ばんでいる乳房をつかみ、指先でくなくなと刺激すれば、

「ああン……いやっ……ううんっ……」

と、大きく喘いでしまったことを恥じるように、結衣は唇を噛みしめる。

(もっと、興奮させたい……そうだっ)

英吉は結合部を録画し始めた。

スマホの画面一杯に、脈動する己の怒張が、薄ピンクで濡れた花芯《かしん》に深々と突き刺さる様が映し出される。

英吉は録画を終えると、再生ボタンとリピートボタンを押して、結衣の眼前に画面を向けた。

結衣がハッとして、

「い、いやっ！」

と、目をそむける。

「見てください。ほうら、今、結衣さんの中に、こんなに太くてグロいものが埋まっているんです。目を開けて」

言いながら、ぐいぐいと腰を使う。

「ああんっ……いやっ……ひどいわっ……ああんっ……そんなの、そんな……」

泣き言を口にして顔をそむけていたものの、ちらりと画面を見た瞬間、

「いやっ」

と悲鳴を上げて、また顔をそむける。

その恥じらいの仕草が、男の加虐心《かぎやくしん》を煽り立ててきた。

「見るんですよ。見ないと、ここでやめますから」

英吉が強く言うと、結衣は怯《おび》えながらも目を開いた。

「ああ……」

結衣は何かをこらえるような顔で、ぼうっと画面を見ている。

「目をつむらないでください」

念を押してから、英吉はピストンを再開した。

すると、

「あっ……あっ……」

と、結衣が、うわずった声を漏らし始める。

何かに憑《つ》かれたような、ぼうっとした目を、画面の中の自分に向けている結衣は、

「ああんっ……ああんっ……」

と、哀しそうな喘ぎ声を漏らし始める。

野太いモノで串刺しにされている自分の姿を見て、艶《なま》めかしい声をあげているのだ。

その異様とも思える光景に、射精への欲求が高まってきた。

スマホを置いて、英吉は前傾してさらに奥を穿《うが》つ。

すると、

「ああんっ……入ってる……奥まで……私の中に、あんなに大きいのが……ああんっ、はああんっ」

結衣は甘い声を漏らし、激しく喘いできた。先ほどよりも恥じらいが見えなくなっている。

いろいろ試したから、慣れてきたのだろう。

英吉はさらにピストンさせつつ背を丸め、揺れる乳房に吸いつき、チュウチュウと吸い立てる。

すると、

「はあんっ、あんっ……だめっ、き、気持ちいいっ……！」

結衣がギュッと抱きついてきた。

（おおっ……）

わずかに口の中に残る母乳の甘い味、そして、色白美白の人妻のすべすべ肌と甘い柔肌《やわはだ》の匂い……。

たまらなかった。

さらに奥へと打ち込んでいけば、結衣は、

「はあああんっ……やだっ、とろけちゃう……」

と甘ったるい声を漏らし、顔をのけぞらせる。

ぐいぐいと突き入れると、新たな蜜があふれてきて男性器のすべりをさらになめらかにする。

突き入れるたびに、膣がさらに細かく動いてきた。

昇りつめる寸前なのだろう。

少しいじわるして、腰の動きを休ませると、結衣は「やめないで」とばかりにヒップをくねらせてせがんでくる。

もうガマンも限界だ。

一気にスパートをかけると、

「あっ！　ああっ、ああっ……そんな……だめっ……ああんッ！」

結衣が背をのけぞらせる。

同時に膣肉が、ねっとりとペニスに吸いつき、包み込んできた。

「あんっ、あんっ、あんっ……気持ちいい、ねえ、イッていい？　あふんっ、イッ、イッちゃう、ああ……だめっ」

「いいですよ、お、俺も……」

こちらも限界を告げる。

そして、結衣は察してくれたのか、

「いいのよ。ちょうだい……私のことは大丈夫だから。ねえ、中に出してっ……私の中にいっぱい出してっ」

そんなことを言われたら、ひとたまりもなかった。

がむしゃらに奥まで突き刺していくと、

「あん、ああ、ウウンッ……も、もうだめっ……イクッ……イッちゃううっ」

結衣がとろんとした目を向けて、しがみついてくる。

突然、ダムが決壊したような猛烈な爆発を下半身に感じた。

「あっ……！」

結衣のおまんこに腰を押しつけたまま、どくんっ、どくんっ、と、熱い精液を放っていく。

全身が痺れるような震えに包まれた。

やがて射精を終えて、ペニスを外してすぐ隣に横になる。

ハアハアと肩で息をしていると、すぐに結衣が抱きついてきて、ちゅっ、ちゅっ、と唇を押しつけてきた。

「恥ずかしいわ、あんな風にエッチなことされて……」

潤んだ瞳で見つめられた。

英吉も見つめ返す。

「よかったですか？」

「ええっ、したことがない、初めてのことばっかり……でもよかったわ……ねえ、またおっぱい張ってきちゃった」

言われて、英吉は乳房にむしゃぶりついた。

甘い母乳の味は、なぜだかとても温かい気持ちにさせられた。

第四章　広島、牡蠣の土手鍋。私の生牡蠣も食べて

1

土曜日の夜だった。

英吉は上司の鮎川玲子に珍しく飲みに誘われ、上機嫌で指定された店に向かっていた。

ちょっと生意気な年下の上司だけど、バツイチ美人でスタイルは抜群。性格さえ目をつぶれば、かなりいい女なので、飲みに行ったりするのは大歓迎なのである。

とは言いつつも、ふたりきりで飲みに行くのは初めてだ。

(えーと、ここを入るのか……)

会社近くの路地を入ったところに、かなり年季《ねんき》の入った暖簾《のれん》を下げている、こぢんまりした居酒屋があった。

（ホントにここか？　あの玲子さんがこんな店を？）

指定された名前は『凜《りん》』。間違いなくこの店だ。

ハイソな雰囲気《ふんいき》を漂わせる玲子が指定してくるのだから、洒落《しゃれ》た創作ダイニングか何かだと思ったら真逆だった。

ガラガラと音のする引き戸を開けると、中はカウンターだけで、その前には大皿料理が並んで置かれている。

「いらっしゃいっ」

坊主頭で強面《こわもて》の店主らしき男が、威勢《いせい》のいい声をかけてきた。

玲子はカウンターの一番奥にいて手を振っている。

いつも通りカチッとした細身のスーツと、家庭的な雰囲気の居酒屋のマッチングが妙な感じだ。

「遅くなりました」

と言うと、彼女は珍しくニコッとした。

「私も、今来たところだから」

形のよいアーモンドアイにじっと見つめられ、英吉は改めてドキッとした。

毎日会ってはいるが、こうしてマジマジと近くで顔を見る機会は滅多にない。

ミドルレングスの栗色の髪。

長い睫毛に切れ長の目。

スッと通った鼻筋に潤んだ赤い唇もセクシーで、性格は勝ち気だが、やはりいい女だった。

(これで、もう少し謙虚《けんきよ》でお淑《しと》やかだったらなあ……)

三十二歳と三つも年下のくせに、高慢《こうまん》な上司だ。

くんづけで呼ばれるのも腹が立つ。まあ上司だし、何よりも仕事がデキるから仕方ないのだが……。

英吉は隣に座ると、

「何を飲むの？」

と玲子に訊かれてビールを頼んだ。

「なんだ、玲子ちゃんの連《つ》れかい」

ビールを出しながら、店主が言った。

「そう、同僚なのよ。頼りないけど、舌は本物だから」

英吉は、え？　と思いつつも、玲子のグラスに軽く乾杯した。

「へえ、玲子ちゃんがそんなこと言うなんて珍しいな。はいよ、お通し」

店主が、小鉢を出してくれた。

玉葱《たまねぎ》と鰺《あじ》の南蛮《なんばん》漬《づ》けだ。

ビールを一口飲んでから、口に運ぶ。

「おっ、うまい。甘酸っぱいタレと、ふわふわの鰺がぴったりだ」

「でしょう？　ここは何食べても美味しいんだから」

玲子がグラスを呷《あお》る。

何を飲んでいるのか訊いたら、日本酒の銘柄だった。

（もう日本酒か。飲むの好きだもんなあ。それにしても、俺のこと、あんな風に買ってくれてるとは知らなかったな）

ちらりと玲子を見る。

いつもは怒ってばかりだが、プライベートはわりと穏《おだ》やからしい。アルコールも入ってるせいか機嫌がよさそうだ。

「いい店でしょ？」

「えっ、ああ……近くにこんない い店があるとは」

褒《ほ》めると、玲子はウフフとうれしそうに笑って、またグラスを呷る。

いつものクールビューティと違って気さくな雰囲気で、英吉は唖然《あぜん》としてしまう。

「玲子ちゃん、褒めても何も出ないよ」

店主が焼き鳥をひっくり返しながら、鼻で笑った。

「別に期待してないわよ。それより、今日はいい魚が入ったんでしょ。お刺身ちょうだい、大将」

「あいよ。お隣さんは？」

「え、えーと」

迷っていると、玲子が壁のメニューを指差した。

「えーと、俺は串がいいかな……シロって珍しいな、シロとハツ、それともつ煮をください」

壁に貼られたメニューを見ながら言うと、カウンターの手前にいた二人組のおじさんから声がかかった。

「おー、お隣さん、いいねえ。この店はシロが旨いんだ」

「そーそー、あとは大将の口の悪さに堪えてりゃ、いいもんが食える」

「うるせーよ。黙って食ってろ」

いかつい顔の大将は、むすっとした顔で焼き鳥を用意する。

「玲子ちゃん、その人、これかい？」

別のおじさんが親指を立ててきた。

「とんでもないっ。そんなわけないでしょ」

否定するのがあまりに早かったので、英吉はちょっとがっかりした。

（まあ、無理だよな、こんなド高めの女……）

三十二歳、バツイチ。

有能な社長秘書のような、隙のない佇《たたず》まいで、しかも超がつくほどの美人である。

（それに、なんといっても……）

英吉は、玲子にバレないように視線を下に移す。

ジャケットを着たままなのに、胸のふくらみは隠しきれない。

座っているからタイトスカートがズレあがり、ナチュラルカラーのパンティストッキングに包まれた白い太ももが半分近くまで見えている。

（この人、すげえスタイルいいんだよなあ……）

ちらちら見ていると、玲子がこちらを見たので、慌《あわ》てて目をそらす。

眼鏡《めがね》のおじさんが玲子に声をかけてきた。

「玲子ちゃんは、色気より食い気だよなあ」

言われて、玲子はちょっとイタズラっぽい目をおじさんに向ける。

「そんなことないわよ。私、すぐ人を好きになっちゃうし……身近な人でもね」

「なあんだ、じゃあまだ俺にもチャンスがあるのか……」

と、ニヤニヤ笑って隣の眼鏡をかけたおじさんが言えば、

「あるわけねーだろ、ハゲ」

即座に大将が突っ込んだ。

「私、奥さんいる人はだめなんです。離婚してくれます？」

玲子が眼鏡のおじさんに向かって色っぽく言うと、おじさんたちふたりは顔を見合わせてまた、ニヤッとした。

「するする。今からするよ」

「おっ、まじか。俺も今からかみさんに電話するか」

英吉も一緒に笑いながらも、

（すげーな、玲子さん、とけこんでるよ）

と感心してしまう。

シロとハツ、煮込みがカウンターから差し出された。

串焼きのシロに、七味唐辛子を軽く振ってから口に入れる。

ふわっふわで柔らかいのに、ちゃんと歯ごたえがあって実に旨い。

「大変でしょ？　鍋の取材」

玲子がふいに言った。

「え？」

聞き返すと、玲子が苦笑いした。

「編集長、毎度毎度思いつきで言ってくるから、振りまわされて気の毒だと思ってね。いつも遅くまで原稿書いてて死にそうな顔してたから、ちょっと気分転換した方がいいかなって誘ったの」

なるほど。

それで誘ってくれたのか。

「それはうれしいな。まあ大変だけど、全国の美味しい鍋が食べられるってメリットもありますからね。それにまあ、急な取材でも独身だから身軽だし」

「独身ねえ……男の人って、自由でいたいのかしら？」

玲子が日本酒を飲んで、ふう、とため息をつく。

「なんですか、それ」

「え？　ああ……なんでもないのよ」

玲子が笑顔をつくったが、ちょっと無理してる感じがした。

（そういや、玲子さんもここんとこ元気がないな）

先日、大事な取材に珍しく遅刻して後で謝《あやま》りに行っていたし、入稿や校正のときも普段は遅くまでいるのに、先月は人に任せっきりだった。

（なんだろ、玲子さんの方に何か話があって、飲みに誘ってきたのか……）

訊いた方がいいのか。

それとも、プライベートなことは訊かない方がいいのか。

「なあによ、へんな顔して」

玲子が肩を叩いてきた。

目の下が赤くなって、ちょっと酔ってきたらしい。

「ねえ、大将。チゲ鍋ちょうだい。やっぱり寒い日は鍋が一番」

大将が振り向いて、苦笑する。

「おいおい、そんなに食えるのかよ」

「ふたりで食べるから。ね？」

玲子がすっと身体を寄せてきて、ウインクした。

（くおっ、可愛いな。それに……お、おっぱいが……）

シャツ越しの重たげなものが、腕に押しつけられている。

意識を集中すれば、ブラの感触もわかるほど強く押しつけられていて、英吉は全身を熱くさせてしまう。

「玲子ちゃん、やっぱり色気より食い気じゃないか」

眼鏡のおじさんが野次《やじ》ってくる。

「うーん、そうかもね。私、やっぱり食べて飲んでが好きなのよねえ。日本酒おかわりっ」

玲子が威勢よくグラスを上げる。

（あれ？　元気なかったように見えたけど、気のせいだったのかな）

英吉が首をかしげていると、玲子はふらふらしながら、

「ちょっとお手洗い」

と高さのある椅子から降りてトイレに行こうとするとき、股間に食い込むパンティが一瞬だけ見えた。

パンストのシームの奥にあるパンティは薄い紫だった。

（なんかかなり無防備だよな……相当酔ってるし……これはまさか……ヤ、ヤレ

る……？）

と、ひとりで興奮して熱くなっていたのだが、トイレから戻ってきた玲子は足取りもしっかりしていて、がっかりした。

さすがグルメ雑誌のデスク。

胃も肝臓もタフなのを忘れていた。

2

冬の広島は初めてだった。

夏は何度か来たことがあって、いい街だなと思っていた。

中国地方最大の都市であるが、繁華街はコンパクトにまとまっており、路面電車もあって住むにも便利そうだ。

ところでなぜ広島かと言えば、いつものように編集長から、

「旬の牡蠣《かき》鍋も入れたいよなあ」

と急に言われたからである。

ただ今回はあてがあった。

広島に住む叔母《おば》が、かなりの料理好きなのを知っていたのだ。

電話で訊いてみると、

「広島に来るんやったら、牡蠣の土手鍋《どてなべ》をつくってくれる人、紹介しちゃるけん」

と広島弁で言われてやってきたのである。

広島駅からJRの山陽《さんよう》本線で三十分ほどのところの駅近くに、叔母の知り合いで丹羽《にわ》という女性がいると教えてくれた。

瀬戸内海《せとないかい》からほど近い自宅で、広島の郷土料理を主婦に教える料理教室を開いているというのだ。

自宅を訪ねると、エプロンをつけた年配の女性がドアを開けてくれた。

「遠くまでご苦労様やねえ。さあ、あがってあがって」

さすが料理教室を開いているだけあって、物腰が柔らかい。

取材しやすそうだなと思い、ホッとしていると、ドアの前でキャッ、キャッと女性数人のかしましい声が聞こえてきた。

ドアを開けると、広いリビングにエプロンをした女性が四人いた。

このリビングでいつも料理教室をしているらしく、大きなテーブルの上に調理器具とコンロと鍋、そして食材が用意されている。

「いらっしゃったわ。東京のグルメ雑誌の人」

丹羽が言うと、四人の女性が挨拶《あいさつ》してきた。

英吉も頭を下げる。

「すみません、料理教室の時間をお借りして。グルメ雑誌『ちゅーぼー』の窪塚と申します」

四人のウチひとりに、いつも読んでると言われて、うれしくなった。

生徒は年齢層がばらばらで、先生である丹羽と同世代の年配の女性から、三十代、四十代、そしてひとりだけやけに若い女の子がいた。

くりっとした目でショートヘアの似合う可愛らしい子だ。

英吉はついつい視線をその子に向けてしまう。

その子が最後に自己紹介した。

「河北瑞希《かわきたみずき》です。大学三年生の二十一歳で栄養学を学んでいます。私、卒業したら東京の出版社で料理雑誌の編集をしたいと思ってるんです」

瑞希という子は、弾けるような笑顔で、はきはきと答えた。

とても明るくて魅力的な子だった。

英吉はちょっと顔をほころばせてしまう。

「え？　ホント？　じゃあ、よかったら今度、編集部に遊びに来たら」

言うと、女の子は目を輝かせて、

「ホントに⁉　いいんですか？」

と、人懐《ひとなつ》っこい笑顔を見せてきて、英吉は年甲斐《としがい》もなくドキッとした。

（おいおい、相手は二十一歳の女子大生だぞ。ひとまわり以上も違うんだぞ）

そう思うのだが、だぼっとしたVネックのニットの胸は大きくふくらみ、ミニスカートから伸びる太ももは、冬なのにストッキングを穿《は》いていない生脚でムチムチしている。

小柄だが、スタイルはいい。

二十一歳の弾けるような肢体《したい》がたまらない。

可愛くてフレンドリー、その上、全身から明るいオーラを発しているせいか、おじさんが勘違いしてしまいそうな人懐っこさがあった。

「この子、私の姪《めい》っ子やけんね」

丹羽が瑞希の肩をぽんぽんと叩いた。

「そうなんですか」

英吉はちょっと顔を見比べてしまう。

あまり似ているところはないなと思ったのと同時に、瑞希の顔の小ささと可愛らしさに改めてキュンとした。明るい性格は似ているのかもしれない。

丹羽はニコニコしながら、パンと手を叩いた。

「じゃあつくっていきましょうか。若井《わかい》さん、牡蠣をお願い」

若井と呼ばれたおばさんが、殻《から》付きの牡蠣を出してくれた。

どれもこれも大ぶりだ。

「ぶち大きいじゃろ？」

にんまり笑った若井が、ひとつ取って見せてくれた。

確かに大きくて、白い身がぷりぷりしている。見るからに新鮮だ。このまま つるりと生でいきたくなる。

「まず、塩水で軽くふり洗いするんよ」

丹羽が説明しながら手際よく剝《む》いた牡蠣をボウルに入れて、軽く揉《も》んで洗っていく。

これでぬめりや生臭さを取るのだろう。

英吉がカメラで撮影しながら、いつものように誌面に映《は》える角度を探していると、瑞希がじっとこちらを見ているのに気がついた。

どうやらグルメ雑誌の編集をやりたいというのは本当らしく、英吉を見る目がきらきらと輝いている。

羨望《せんぼう》のまなざしだろうか。

ちょっとだけ鼻高々になって、いつもより仕事をしている風を装《よそお》ってしまう。

下ごしらえが終わると、味噌《みそ》だれづくりに入る。

広島は府中《ふちゅう》味噌というのが地元の味噌らしく、その白味噌に赤味噌や酒やみりんを混ぜてたれをつくり、それを鍋の内側に塗《ぬ》っていく。

その塗った味噌を溶かしながら自分好みの味噌の量にできるのが土手鍋の魅力で、鍋の内側に塗ると土手に見えたので「土手鍋」という名の由来になったという説もあると、つくりながら丹羽が教えてくれた。

そして豆腐やネギや葉ものやら茸《きのこ》類を入れて、昆布だしで煮て、最後に牡蠣を入れて少し煮たら完成だ。

取材が終わり、土手鍋をご馳走《ちそう》になることにした。

夕食には早い時間だから、あまり量はつくらなかった。五人でお椀に一杯ずつぐらい盛ればなくなる分量だ。

「今日はホテル取っちょるんやろ？」

と、丹羽に確認されてワインもいただくことにする。叔母の家は子どもがいるので遠慮したのだ。

海鮮ということで、冷えた白ワインを飲みながら、熱々の鍋をつつく。

ぷりぷりな牡蠣の身を頰張《ほおば》る。

クリーミーな牡蠣の甘みと味噌の甘みが口に広がっていく。旨い。

そして、加熱した口内に冷えた白ワインを流し込む。

キリッとした飲み口のワインが、甘ったるくなった口中をさっぱりさせてくれて、そしてまた牡蠣の甘みと歯ごたえを楽しむ。

（いやー、やっぱりこういう取材は最高だな）

編集長の思いつきに振り回されても、全国で旨いものを食べられるのはグルメ雑誌をつくっている人間の特権だ。

しかも今回は、店では味わえない家庭料理というのもいい。

「やっぱりいつも、全国を飛びまわってるんですか？」

瑞希も白ワインを飲みながら訊いてきた。

「そうだね。ほぼ毎週かなあ」

「で、美味しい物を食べられると」

「まあそれが仕事だから」

「いいなあ……私もグルメ雑誌の編集部で働きたいなあ」

うらやましそうな顔で見てくるので「苦労もいっぱいだよ」と、釘《くぎ》を刺しておいた。

すると、丹羽が口を挟んできた。

「ねえ、窪塚さん。相談に乗ってもらえんじゃろか？」

「何のですか？」

「ウチが言うのもなんやけど、瑞希はいい子やけん、もし来年就職できんかったら、窪塚さんとこでバイトとかどうじゃろ」

「え？」

言われて、ちょっと考えてみた。

確かにこの前、若手の社員がひとり辞めて、そのままになっている。

いや、そもそも出版社は人手不足だ。

紙の媒体の他に最近はデジタル化もしていて、それをつくるための新たな部署ができているくらいである。

「それより、コネで入社させたらええじゃろが」

「そうそう。それが手っ取り早くてええわ」

おばさんたちが勝手に盛りあがっている。

瑞希がおばさんたちに見えないようにこちらに目配せして、ぺろりと舌を出した。

ごめんなさい迷惑かけて、と言ってるのだろう。

いい子だし、とても可愛い。

ますます彼女に好感を持った。

「確約はできないですけど、言ってみるくらいなら」

英吉が言うと、瑞希の顔がパッと明るくなった。

「いや、ホントに言うだけだからね。僕に決定権がある訳じゃないから、そんなに期待しないで」

とはいえ、こんな可愛い子が職場にいたら華やぐだろうから、意外にあっさりOKが出るんじゃないだろうか。

そんな和気藹々《わきあいあい》とした中、取材は無事終了した。

ホテルに戻るために電車に乗ると言ったら、丹羽がタクシーで帰ったらどうかと言い出した。

「瑞希も市内やけん、一緒に乗せてもろうてもええじゃろか？」

そう頼まれて、もちろん断らなかった。

タクシーが来て、後部座席に瑞希が乗り込むときに、瑞希のミニスカートの奥の下着がちらりと見えた。

ピンクのパンティだった。

（いかん、女子大生だぞ）

いや、女子大生だからいけない、ということはない。女性のスカートの中を見てしまうこと自体、いけないことなのだ。

このところキレイな女性と出会うことが多くて、ちょっと気持ちが浮わついている。

引き締めないとな、と思いつつ、見送りのおばさんたちに手を振って、瑞希の横に乗り込んだ。

「すみません。みんな強引で」

タクシーが走り出すと、瑞希がすぐに申し訳なさそうな顔をした。

「いや、訊いてみるだけ訊いてみるよ。でも本当に俺には権限がないからね」

期待を持たせてがっかりさせたくないと正直に言う。

瑞希がウフフ、と笑った。

「正直なんですね、窪塚さんって」

「それくらいしか取り柄がないからね」

いい雰囲気だ、と思ったが勘違いしてはいけない。

瑞希は編集者になりたいという憧れから、いろいろ会話してくれているのだ。そうでなければひとまわり以上も上のおじさんに、こんなに気をつかってくれるわけがない。

それでも、英吉は満足していた。

こんな可愛い女子大生と会話する機会など滅多にない。

なんなら「コネがあるから」と言って誘うこともできるかもしれないが、さすがにそれはやり過ぎだ。

何より叔母の知り合いの姪っ子なのだから、手なんか出したら親戚中から叩かれてしまう。

横にいる瑞希をちらりと見た。

くりっとした目が可愛らしくて、ショートのボブヘアが活発そうな彼女によく似合っている。

ちょっと気が強そうで、それがまたいい。

座っているからミニスカートがずれあがっていて、太もものきわどいところまで見えてしまっている。二十一歳のピチピチの生太ももは眩《まぶ》しすぎた。

(いいなあ。マジでバイト採用してくれないかなあ)

タクシーが国道に出た。

この国道をまっすぐ行けば市内なのだが、長い渋滞に嵌《は》まってしまった。

「ああ、こりゃ夕方の帰宅ラッシュに事故が重なったけん、しばらく動かんですよ」

タクシーの運転手に言われて、瑞希と顔を見合わせる。

降りて駅まで歩こうかと言ったら、瑞希がニコニコしながらじっと見つめてきた。

「あの、よかったら……お好み焼き食べません?」

「え?」

思わぬ言葉に、英吉は目をパチパチした。

「ちょうどこの近くに美味しいお店があるんです。そこで時間つぶしてからでもいいかなって。叔母さんから軍資金もらったし」

彼女が小さく舌を出して、ポケットから一万円を出して見せてきた。

「それ、タクシー代だろう？」

「タクシーに使えとは言われませんでしたよ」

上目遣いの瑞希がイタズラっ子のようなことを言う。

「せっかく知り合えたし、もっと窪塚さんから出版業界のこと聞きたいなって。大丈夫ですよ、コネで入れてくれなんて脅迫しませんから。ホントです」

積極的に誘ってきていても、ちょっと顔が赤くなっているのが初々《ういうい》しい。

「そりゃあ瑞希ちゃんみたいな可愛い子と飲めるのは、おじさんとしたらうれしいよ。でも奢《おご》ってもらうのはなしだ。一応年上の面子《めんつ》があるし」

相手が女子大生だったら、これくらいの軽口は叩ける。

ここまでの料金を運転手に支払い、英吉は瑞希とタクシーを降りた。

3

瑞希に連れられてきた店は、住宅街にポツンとあった。

家族連れの多い庶民的な店で、可愛い女子大生にしてはなかなか渋いセレクトだ。

鉄板のあるテーブルにつく。

瑞希の知り合いらしい若い女の子の従業員が、先に飲み物をどうぞ、と注文を取りに来た。

「ウチ、ウーロンハイ。窪塚さんは？」

「えっ？　ああ、俺もそれで」

先ほどまで瑞希は「私」と言って標準語でしゃべっていたのに、くだけて広島弁のイントネーションになったので驚いた。

「若い子も、広島弁使うんだね」

訊くと瑞希がはにかんだ。

「出てた？　よそ行きで話そうと思ってたのに」

「いいよ、普通に話して。その方が俺もラクだから」

「ホンマ？　じゃあ、タメロで話してもええ？」

広島弁はちょっと怖いのかと思っていたが、可愛らしい女の子が話すと、とたんに可愛らしい方言に聞こえた。

乾杯すると、瑞希がごくごくと、ジョッキのウーロンハイを呷るので驚いてしまった。

「いい飲みっぷりだな」

「ウフフ。でしょう？　みんなにも言われるの」

お好み焼きを頼むと、瑞希が手際よく焼いてくれた。

「おお、うまいな。さすが地元。広島焼きって言うんだっけ？」

何気なく言うと瑞希が口を尖《とが》らせる。

「それはブー、NG。広島のお好み焼き言うたら、これやけん。広島風と言われても、何それって思うもん」

可愛らしく注意された。

地元には地元のこだわりがあるらしい。

面白いなと思いつつ、切り分けてくれたお好み焼きにかぶりつく。

「旨い。ふっくらしてて、キャベツもシャキシャキしていいな」

「うれしいわ。プロに褒めてもらえて」

目の前に鉄板があって、アルコールも入って身体がかっかしてきた。

瑞希もウーロンハイをおかわりして、ほどよく酔いがまわってきたのか、顔を赤くして、目がとろんとし始める。

「しかし、どうしてグルメ雑誌の編集部で働きたいの？」

会話が一段落したので訊くと、瑞希はジョッキの氷をからん、と鳴らしてくすくす笑う。

「だって美味しいもの、いっぱい食べられるんでしょ？　それを仕事にできたらええなって。窪塚さんもそうじゃない？」

「まあ同じだなあ」

「窪塚さんの奥さん、大変そう」

「なんで？」

「だって、毎日美味しいもの、つくらないといけんのじゃろ」

「そんなことないよ。一生懸命つくったもんはなんでも美味しいし。ていうか、その前に俺、独身なんだけど」

「えっ、独身？　そうなんだ」

「見えないかな？」

「落ち着いて見えたから。ふーん、結婚してないんだ」

意味深な「ふーん」に聞こえたが、そんなことはないだろう。

「瑞希ちゃんは、カレシに美味しいものつくってあげるんだろ」

「つくる相手、今はおらんもん」

ぽつりと言う。

「今は?」

「うん。最近まで同棲《どうせい》してたの。一緒にいろんなところ食べに行ったり、いろいろ美味しいものつくったりしとったんやけど……最初はぶち喜んでくれたんよ。けどそのうちにそれがたいぎいって言い出して……」

「たいぎい?」

「あ、面倒くさいって意味。そんで別れちゃった」

瑞希は寂しそうな顔をして、ちょっと潤んだ目を向けてきた。

「そうか……難しいな、男はそこまでこだわらないヤツも多いからな」

「そうね。窪塚さん、東京って美味しいお店、多いんでしょう」

「ああ、多いな」

「ええなあ。ウチ、東京行ったことない」

「東京に出て来ることがあれば、いろいろ連れてってあげるよ」

自然と言葉が出た。

社交辞令で誘うくらいはいいだろうと思ったら、瑞希は目を輝かせた。

「ホンマ? ウチ、ホンマに行くけん。いま言うたことちゃんと守ってよ。美味しいもの食べさせてくれるって、約束よ」

天真爛漫《てんしんらんまん》な笑顔を向けられて、年甲斐もなくキュンとした。

同世代だったら、間違いなく恋に落ちている。

いや、もう歳など関係なく瑞希に心を奪われてしまっている。

瑞希は若いながらいろんな場所に出かけては食い道楽をしていたようで、話は尽きなかった。

瑞希も楽しそうにしている。

こんなオジサンでも、若い子を楽しませることができるのか。

とはいえ、それほど長居できるわけもないし、店も閉まるのが早かったので九時過ぎには店を出ることにした。

店を出てから、瑞希は来たときとは違い、ぴたりと身体を寄せてきた。

もちろん英吉もいやではないから、瑞希の意のままに腕をからませ、ドギマギしながらも大人の余裕っぽく平静を装った。

ダッフルコートに包まれた、たわわな胸のふくらみを右腕に感じる。意識するなという方が難しい。

そのうちに「英吉さん」と下の名前で呼ばれた。

このまま次の店にと思ったけれど、女子大生を夜の街に誘うのは、さすがに下心がありすぎて躊躇《ちゅうちょ》した。

いいや、親戚の知り合いの姪っ子でなかったら、誘っていたかもしれない。

いい雰囲気だったし、瑞希も酔って、今にも抱きついてきそうな危うい雰囲気を醸《かも》し出していたからだ。

「もう一軒、行きません？」

と、誘ってくれるかなと期待したが、ちょうど歩いている途中にタクシーが来たので、英吉は思わず手をあげてしまった。

後部座席に乗り込み、行き先を告げる。

瑞希の自宅は広島市の北部だ。二十分以上かかる。

タクシーが動き出すと、瑞希は自然と頭を英吉の肩に預けて、こっくりこっくりとし始めた。

疲れていたのか、それとも飲み過ぎたのか。

初めて会った男なんだから、いくら社交的な子だといっても気疲れしたんだろうなとか、いろいろ考えていると、瑞希のリンスかシャンプーかわからない甘い匂いがさらさらのショートヘアから漂ってきて、思わず撫でたい衝動に駆られてしまう。

もちろん撫でるなんてことはしない。

しないが、見るくらいならいいだろうとマジマジと見る。

寝顔がこんなに可愛い子は、なかなかいないと思った。

睫毛が長く、唇が柔らかそうだ。

メイクなどほとんどしていないようなのに、肌はきめ細やかでシミひとつ見当たらない。

そして当然のように身体を寄せているので、ダッフルコート越しに柔らかくて大きな胸のふくらみを感じる。

すうすうという息づかいに合わせて、胸がゆっくり上下している。

鼓動まで伝わってくるようだ。

ますます興奮する。

(大きいとは思ってたけど、ものすごいボリュームだな)

身体のライン自体は細いから、おっぱいだけが大きいという、なかなかエロい体形である。

ミニスカートから覗く太ももがむっちりしていて、密着していると、その肉感的な柔らかさが伝わってくる。

（で、このスカートの中はピンクのパンティなんだよな）

ちょっといやらしいことを考えてしまったときだ。

股間に彼女の手が伸びてきて、英吉は飛び上がるほど驚いた。

（え？　な、なんだ？）

寝ているから、偶然だろうと思ってどけようとした。

だが剝《は》がそうとしても、瑞希の右手には力が込められていて離れない。いけないと思っても次第にズボンの中でイチモツがムクムクとふくらんでしまう。

（ま、まずいっ）

英吉は慌てた。

相変わらず、右肘には柔らかなものが押しつけられている。

（うおっ）

下を見れば、ミニスカートはきわどいところまでまくれ、むっちりした太ももが付け根まで見えていた。

もう少しでパンチラしそうである。

それは恥ずかしいだろうと、英吉は脱いでいたダウンジャケットを広げて、慌てて自分の股間と瑞希の腰のあたりを覆い隠して、運転手から見えないようにした。

（なんだこの手は……？　まさか、起きてないよな？）

英吉は怪訝《けげん》な顔でそっと瑞希の表情をうかがう。

目をつむったままだ。寝息も聞こえる。

わからない。

わからないが、まだ手が股間の上にある。

困惑しているとダウンジャケットの下で、瑞希が英吉の右手をつかんで、自分の太ももの間に差し入れてきた。

（なっ……！）

瑞希の顔をもう一度見た。

だが、彼女は目を閉じたままだ。

何を考えているかわからない。

その間にも、英吉の右手は女子大生のムッチリした太ももに挟みつけられていて、引くに引けない状況になっている。

タクシーの中。自分の右手が可愛い女の子の太ももの間にある。

すべすべしてあったかい、女子大生の太ももの柔らかい肉のたわみを感じる。

（な、何を考えてんだ……この子は……）

いじって欲しいのか？

これだけ強く太ももで挟んできているのだ。寝ているとは考えにくい。

困惑していると、英吉の股間の上にあった瑞希の指が、ズボン越しにさわさわと動きはじめた。

（お、おい……うっ……くっ……）

腰をよじるも、欲望は逃がすことができない。

一気にズボンがふくらむほどに硬くなってしまう。

しかし、なんでこんな大胆に迫ってくるのか。やはり、コネでの入社を狙っているのだろうか。

いや、自分にそんな権限がないことくらいはわかっているはずだ。

だが、カレシの話をしたときに、寂しそうな顔をしていた。明るく振る舞っていても、どこかで心の隙間を埋めて欲しいと思っているのかもしれない。

そうだとしても、タクシーの中というのは大胆すぎだ。

ダウンジャケットで隠していても、手がなにやらもぞもぞ動く様子は、運転手からバックミラーで見えてしまうんじゃないか。

（やめさせないと……でも……）

すべすべして、柔らかい女子大生の太ももの感触が、次第に理性をとろけさせてしまう。

このまま可愛らしい女子大生のスカートの中を、イタズラしたくなった。

だが、知り合いの姪っ子の女子大生に手を出したことが叔母にバレたら、この先一生、親戚中からなんて言われるかわからない。

生唾を呑み込みつつガマンするも、しかし瑞希が股間をいじる指先は次第に大胆になっている。

再び瑞希を見る。

目をつむっているものの、頬が赤く染まっている。間違いない。起きている。

その様子を見て、英吉の理性は飛んだ。

太ももに挟まれていた右手で、瑞希の内ももを撫でさすった。

「んッ……」

瑞希がわずかにビクッと震え、英吉の腕にギュッとしがみついてきた。

（や、やっぱり起きてるよな……）

さらにムッチリした太ももを撫でる。

しなやかな肉が、指を弾いてくるほどのたわみがある。

二十一歳の肌はすべすべでしっとりしていて、撫でるだけで股間が疼《うず》いてくる。

（た、たまらないよ……タクシーの中でこんなことをしてるなんて……）

緊張して全身が汗ばんできた。

瑞希がいやがる素振《そぶ》りはまったくない。

むしろ触って欲しいとばかりに、膝が少しずつ開いてきた。

（いいのか？　いいんだな……）

英吉は尺取《しやくと》り虫《むし》のように、少しずつ太もものキワドイ部分に指を這《は》わせ、スカートの奥に侵入していく。

「んっ……」

瑞希が目をつむったまま身体を強張らせて、ギュッと肉棒を握ってきた。

「くっ」

ますます理性がなくなる。

もう止まらなくなってきた。

熱気のこもったミニスカの中に、英吉は右手を侵入させると、指先に薄い布地越しの柔らかい肉を感じた。

(パ、パンティだ。瑞希の恥部を包んでいる下着だ)

猛烈に昂《たか》ぶった。可愛い女子大生のおまんこである。

耳鳴りがする。

心臓もバクバク音を立てている。

英吉は慎重に右手を動かして、人差し指と中指をクロッチの上に置いて力を込める。

すると、スリットに沿ってぐにゅりと指が沈み込んで、

「あっ……」

と、瑞希の歯列がほどけ、口元を英吉の肩に押しつけてきた。

瑞希を見れば、可愛らしい寝顔が苦しそうに歪《ゆが》み、眉間に悩ましい縦ジワを刻んで息を乱し始めている。

(これだけで感じたんだな……エッチな子だ……)

さらにパンティの上から、窪みに沈み込んだ指をゆっくりなぞると、

「あっ……あっ……」

瑞希はこらえきれないといった様子で、かすかな喘《あえ》ぎを漏らし、いっそう強く右腕にしがみついてくる。

コート越しのおっぱいが、さらに強く右肘に押しつけられた。

夢のようだった。

可愛らしい二十一歳の女子大生と、タクシーの中でイチャイチャしている。

瑞希の手は英吉のズボンの上から股間を撫で、英吉の右手は瑞希のミニスカートの奥に入り込んでパンティの上から恥部をいじっている。

もうだめだ。

自分をまったく抑えられなくなってしまった。

英吉はパンティの上端から手を差し入れて、直にいじろうとした。

ところがだ。

瑞希は目をつむったまま、耳元まで顔を近づけてきて、

「アンッ……」

と、ささやいて、英吉のイタズラする手をギュッと握った。

（さすがにダメか……）

調子に乗りすぎたかと思ったが、瑞希を見ると、恥ずかしそうに顔を赤らめつ

つも押さえつけていた手を緩めてきた。

ズボン越しの屹立《きつりつ》をさわさわといじってくる。

（うっ……！　え？　いいのか？）

彼女に拒《こば》む様子はない。膝もさらに左右に大きく開かれた。

英吉は思いきって、パンティの上端から右手を差し入れた。そのときだ。

（えっ……）

戸惑った。

瑞希のパンティの中が、すでにぬるぬるだったのだ。

薄い恥毛の下に小ぶりのワレ目が息づき、まわりがぬめった愛液で、ぬかるんでいた。

（もう、こんなに濡らして……この子は……）

思わず瑞希の顔を見てしまう。

彼女は耳まで真っ赤にしながら、恥ずかしいという風に、目をつむりながらイヤイヤと首を横に振る。

（いやだって言いたいのか？　じゃあこれは何だ？）

スリットを指でさすると、ぬめった愛液が指先にまとわりつき、

「くっ……！」

と瑞希は唇を噛みしめて、こらえきれないとばかりに、ギュッとさらに強く英吉の右腕にしがみついてくる。

もう昂ぶってどうしようもなかった。

英吉は、ぐっしょり濡れた柔らかい溝《みぞ》を指で何度もさする。

すると、

「あっ……あっ……」

瑞希の喘ぎ声が口から漏れ、彼女はそれを恥じるように、いっそうこちらの肩に顔を強く押しつけてくる。

(可愛いなあ、この子……でも、そんな可愛い女子大生に、こんなイタズラをしてもいいのか……)

だめなのはわかっている。

だけどもう止められないのだ。

パンティの中に潜り込んだ指を曲げて、力を込める。

女の小さな穴に指がぬるりと嵌まり、

「あっ……！」

瑞希がビクンッと震えた。

（うおっ、熱いっ……それに……なんだこりゃ……せ、狭いな）

指が奥まで入らない。

まだ開発されていない、経験の少なさを物語っている。

それでも無理に押し込めば、柔らかい無数の襞《ひだ》があって、膣内は火傷しそうなほど熱くなっていた。

指の腹を上に向けて、天井の柔らかい部分をこすれば、

「んんんっ……」

奥まで指を入れられている瑞希は唇を噛みしめ、眉をハの字にして全身を小刻みに震わせている。

ハアハアという瑞希の激しい息づかいを肩に感じる。

ところがだ。

恥ずかしそうに震えてはいるものの、「もっとして」というように腰をせり出してきたから英吉は驚いた。

（なんて大胆な子だ……待てよ、この感じ方からすると……イカせて欲しいんじゃないのか？）

このまま続けたら、この可愛らしい女子大生がアクメするところを見られるかもしれない。

罪悪感も吹き飛び、英吉はぬかるみの中で激しく指を動かした。

奥がドクドクと鼓動しているのが指先を通じて伝わってくる。もっと刺激が欲しいと疼いているように感じる。

（よ、よし……）

限界まで指を伸ばし、膣のふくらみを撫でた。

ぬちゃっ、ぬちゃっ、と卑猥《ひわい》な粘着音が聞こえてきて、

「んっ……んぅぅ……いやっ、だめぇ……この音……」

と、耳元で恥ずかしそうに言うのだが、かなり感じてきたのだろう、ダウンジャケットをかけた中では、瑞希は脚を左右に大きく広げ、腰をうねらせ始めた。

窓を閉めたタクシーの中で、瑞希の匂いが漂っている。

前を見ると、運転手がバックミラーでたまにこちらに視線をよこしてくる。さすがに妖《あや》しげな雰囲気を感じているのだろう。

それでも、もちろん止められなかった。

英吉はさらに膣内で指を大きく曲げ、Ｇスポットあたりを指先で捏《こ》ねた。

そのときだった。

「んっ……！」

瑞希が自分の口を手で塞《ふさ》ぎ、顔をせりあげた。

英吉にしがみつきながら、腰をガクンガクンと大きくうねらせ、膣内の肉がギュッと指を強く締めつけてくる。

（イッたんだ……この子……）

見ると彼女は座席に身体を預けて脱力していた。

戸惑いつつ、パンティから指を抜くと、どろどろした蜂蜜のような愛液が指の根元まで滴っていた。

ズボンの中では、勃起しきった男根の切っ先から、ガマン汁が大量に噴きこぼれているのがわかる。

だめだ。

もうどうにも欲望が止まらなくなってきた。

4

瑞希も同意してくれたので、英吉は泊まっているシティホテルに瑞希を連れ込んだ。

部屋の中に入るやいなや、瑞希が抱きついてきた。

目をつむり、唇を突き出してきたので当然のように英吉も唇を重ねる。

「ううんっ……ううんっ……」

いきなり激しいキスだった。

舌を差し入れると、瑞希も舌をからめてくる。女子大生の唇は瑞々《みずみず》しくて、口の中もフルーティで甘かった。

（ああ、こんな可愛い子と、スケベなキスをしている！）

こんなオジサンでいいのかと思ったが、瑞希の方から求めてきたのだから遠慮はいらない。英吉は瑞希の体を抱きしめ、揉みくちゃにしながら、ダッフルコートを脱がした。

Vネックニットの上から胸のふくらみを揉み、ミニスカートの中にもう片方の手を入れて、パンティ越しにヒップを撫でまわす。

（さすが二十一歳の肉体だ。柔らかいのに弾力がすごい）

熟女の身体もいいが、弾けるような若さあふれるピチピチの肉体もいい。

腰には余分な脂肪なんかなくて、折れそうなほど細い。

それでいて、ヒップはキュッと小気味よく盛りあがっていて、指が尻肌に食い込まないほどハリがすさまじい。

そんな若々しい肉体を抱きしめつつ、ベッドに押し倒す。

瑞希がクスクス笑って、指で英吉の頬や顎《あご》をなぞってきた。

「英吉さんってすごいスケベなのね……ウチ、タクシーの中で恥ずかしくてたまらんかったんよ」

「最初にしてきたのは瑞希ちゃんの方だろう。エッチな子だ」

「何言いよるの。ウチ、そんなんしとらんもん」

瑞希が可愛らしく空とぼける。

もうその仕草にキュンとしてしまい、英吉はのぼせた。

「ウソつけ」

腋《わき》の下《した》に手を入れてくすぐると、

「やんっ、くすぐったい……ウチ、それ弱いんよっ……やあんっ、だめっ……」

「瑞希ちゃんから、スケベなことをしたんだろ？　そうだろ？」

くすぐりながら言えば、瑞希は涙目で何度も頷《うなず》いた。

「もうっ……」

腋の下から手を抜くと、瑞希がふくれて睨んできた。

そのまま自然と見つめ合う。

大きくて、くりっとした目が潤んでいる。

ショートヘアは乱れ、先ほどまで前髪を下ろしていたのに、今はつるんとしたおでこが全開で、可愛らしさが増している。

見つめていると、わずかに瑞希が照れた。

欲望を隠さない小悪魔みたいな子でも、はにかむような色っぽい表情を時折見せるところもいい。

英吉は瑞希の首筋にキスしながら、Vネックのニットをめくりあげて、頭から抜き取った。

ピンクのブラジャーを外して、カップをめくる。

こぼれ出た乳房の美しさに、英吉は目を見張った。

大きさは、最近抱いた人妻たちよりは小ぶりだが、ツンと上向いたおっぱいの形のよさにため息が出る。

乳輪も小さくて薄ピンクだ。

この子はおっぱいまでも可愛らしいのかと英吉は陶然《とうぜん》となった。

「キレイだ。すごいな、こんなおっぱい見たことない」

思わず口にすると、瑞希が身体を丸めた。

「やん、言わんで。恥《は》ずいっ」

言いながら、瑞希は英吉のシャツのボタンを外して脱がせ、さらにTシャツもめくりあげてきた。

「お、おいっ……」

「ウフッ。ええじゃん。ウチばっかり裸にして、反則よ」

瑞希は笑いながら、英吉の乳首を爪でくりくりと転がしてきた。

さらには可愛らしい口で、英吉の乳首にキスをして、軽く甘嚙みして乳首をイタズラしてくる。

「くっ……」

気持ちよくて、おかしな声が出そうになった。

慌てて唇を嚙みしめると、英吉の乳首を舐めながら、瑞希が上目遣いにイタズラっぽく見つめてくる。

「気持ちええ？」

「ああ、舌の動きがエッチだ……興奮する……」

そう言うと、瑞希は英吉のズボンのベルトを外し、ファスナーを下ろしてズボンとパンツを脱がせにかかる。

「えっ……あっ……」

いきなりで呆気にとられていると、瑞希は飛び出た勃起を見つめ、

「本当、すごい……」

とガマン汁で汚れているにもかかわらず、直《じか》に触ってくる。

「おおっ……」

ほっそりした指がシゴいてくる。

英吉は瑞希に覆《おお》い被《かぶ》さりながら、ぶるっと震えた。

瑞希を下に組み敷くようにして、全裸で四《よ》つん這《ば》いの格好になった。

そして瑞希はずりずりと身体を下げていき、下からいきり勃ちに顔を寄せ、ガマン汁でべとべとになった尿道口をぺろぺろと舐めてきた。

「ぐっ……」

いきなりの鮮烈な快感に腰を震わせると、瑞希はさらにカリ首に沿って舌を這わせてきた。

「うっ、くっ……う、うまいな」

思わず声を漏らすと、瑞希は、

「やだっ……」

と言いつつも分身を頬張ってきた。

ねっとりした口の中で、舌で舐めつつ、瑞希はチューッと強く吸ってきた。

「くおおおっ……」

バキュームフェラというヤツではないか。

目を白黒させていると、瑞希が頬をへこませるほど吸っているのが見えた。

「た、たまらないよ……そんなにされたら、もう出ちゃうよ」

震えながら言えば、瑞希は満足したようにニンマリ笑って、ちゅるりと肉竿を口から吐き出した。

「ウフフ。ウチな、カレシにかまって欲しくて一生懸命に勉強したんよ。英吉さんも気持ちようなった？　うれしいなー」

天真爛漫な笑顔で言われた。

「勉強したんだ」

「うん。料理と一緒じゃけえ。相手を喜ばしたいの。今度英吉さんにも、手料理食べさせたいな。ウチ、土手鍋も得意」

「土手鍋か、美味しかったなあ」

ベッドの上で抱き合いながら、先ほどの鍋を思い出していた。

「さすが広島の牡蠣だ。身がぷりっぷりで」

「生の牡蠣もええよ。クリーミーで、潮の味がほんのり漂って……明日とか、ウチと一緒に食べに行かん？」

瑞希と牡蠣の話をしていたら、さらにムラムラしてきた。

「明日なんて言わず、今、食べたくなってきた」

瑞希が怪訝な顔をする。

「今って……ルームサービスでも取るん？」

「いや、取らないよ。もっと美味しそうな牡蠣がある」

そう言うと、瑞希をベッドにうつ伏せにさせて、ミニスカートをまくって大きく脚を開かせる。

「瑞希ちゃんの生牡蠣も、美味しそうだ」

ニヤニヤしてオジサンぽく言うと、瑞希は耳まで真っ赤にして、両手でピンクのパンティを隠して睨んできた。

「はあ？　やだあ、もう……スケベッ……信じらんないっ、絶対いや。そんなオヤジギャグ言う人には見せんよっ」

牡蠣の下ネタは効果的だったようだ。

瑞希ならノリがいいから、こんなリアクションをすると思っていたのだ。

「一緒に食べに行くって言っただろ」

意地悪く言い、英吉は片手で瑞希の手をどけ、スカートとピンクのパンティを取り去って、仰向けにした。全裸の瑞希の両脚を強引に開いたのだ。

「いやや、もう……」

瑞希は抗うも、小柄で細身だからまるで力がない。

翳《かげ》りの奥が丸見えだった。

小さな肉ビラと小ぶりのワレ目。

その中に、剝《む》いた貝のようなピンクの襞がひしめきあっている。

陰部はすでに大量の蜜をこぼして、狭間をぬめらせている。

瑞希のおまんこは、新鮮な牡蠣より旨そうだ。

英吉は瑞希の太ももを押さえつけながら、狭間に舌を走らせた。

「あっ……！」

瑞希がビクンッと震えて、顔をそむける。

よほど感じたのだろう。さらに亀裂をねろりと舐めれば、

「んん……あああんっ……あっ……」

先ほどまで抵抗していたとは思えないほど色っぽい声を出して、腰をせつなげに揺すり立てる。

「確かに潮の味がするなあ。新鮮で美味しいよ、この生牡蠣は」

煽《あお》ると、瑞希が真っ赤になって叩こうと手を上げたので、その手を押さえつけながら、さらにぬめる淫唇《いんしん》をねろねろと舐めた。

同時に手を伸ばして、胸のふくらみを揉みしだくと、

「あっ、ああっ……ああんっ……」

瑞希は顎をあげ、広げられた脚をひくひくさせる。

（やっぱり感じやすい子なんだな）

イタズラ好きで、性にも奔放《ほんぽう》だが、やはり二十一歳の女子大生だ。

先ほどまでの勝ち気な表情はどこへやら。

大きな目を潤ませ、不安げな顔で視線を宙にさまよわせている。

指先で捏《こ》ねていると、すぐに小さな乳首はカチカチになり、それをつまみ上げると、

「あっ！　はああんっ……ああっ……」

瑞希は喘ぎを長く伸ばして、下腹部をうねらせる。

「気持ちいいかい？」

今度は逆に聞いてやると、涙目の瑞希は大きく頷いた。

「あんっ……でも……ウチ……英吉さんのも欲しい……ウチにも食べさせて」

瑞希が起き上がろうとしたので、英吉はどいてやる。

フェラチオかと思っていたら、瑞希は英吉を仰向《あおむ》けにさせ、尻をこちらに向けてまたがってきた。

「えっ！　あ……」

すごい光景に英吉は言葉を失った。

目の前に、ぷりんとしたキュートなヒップがある。

シックスナインの格好で、瑞希は英吉の上で腹ばいになって、そそり勃つ肉柱を握ってきたのだ。

「英吉さんの……ぶちすごい……さっきよりもビクビクしてる」

瑞希がペニスに舌を這わせてきた。

「おお……」

気持ちよさが腰に宿ると同時に、目の前の丸みを帯びた尻がさらに突き出されてきた。

小ぶりだが、腰がくびれているから丸みがすごい。

尻の切れ目に汗がにじみ、小さなセピア色の窄《すぼ》まりも、その下のぬめぬめと濡れ光る女の園も丸見えだ。

（だ、大胆な子だな……）

けっして軽い子でないのは、彼女の仕草でわかっている。

恥ずかしいのに、相手の男を喜ばせようと大胆に振る舞っているところが、なんともいじらしかった。

ならばそれに応えようと、英吉は左右の手の指先で淫唇を広げ、ぬめるピンクの媚肉《びにく》を舐める。

「あっ……あああんっ……」

瑞希が可愛らしく喘いで、震えながらもまた肉竿を握ってきた。

そして、切っ先が温かい潤みに包み込まれていく。

シックスナインだからよく見えないが、ペニスを口に頬張ったのが感覚でわかる。

「んっ……んっ……」


彼女のせわしない息づかいが聞こえ、温かな口でペニスがシゴかれる。

開いた尻の下の方の隙間から、瑞希が肉竿を頬張り、顔を振っているのが見えた。

（くうう……たまらん……チンポがとろけそうだ……）

天真爛漫な笑顔の可愛い女子大生が口や舌を使って、自分のイチモツに奉仕している。

しかも自分の尻やアソコをこちらに向けてだ。天国だった。

もたらされる快感を嚙みしめつつ、こちらも複雑に入り組んだぬめる粘膜の中に舌を入れていくと、

「んんっ……んんんんっ……」

瑞希は頬張りながら、腰をくなっ、くなっと揺らめかせる。

英吉は、下方にあるクリトリスにも舌を這わせ、その上にある膣の中に指を押し込んでいく。

「んっ！　ああんっ」

上に乗っていた瑞希が、もうフェラもできなくなったのか、大きな声で喘いで

さらに腰を振りたくる。

ヨーグルトの発酵したような匂いが、プンと漂ってきた。

女子大生の甘酸っぱい汗や体臭も混ざり、得も言われぬ、生々しい匂いとしょっぱい味に、さらに英吉の昂ぶりが増していく。

狭間をさらに舐める。

尻が目の前でますます激しく揺れて、

「あんっ……あんっ……ああっ……だ、だめっ……それ、だめっ」

瑞希は相当感じているようで、勃起をギュッと握ったまま英吉の上で大きくのけぞる。

シックスナインでのクンニを続けているうち、瑞希がビクッ、ビクッと身体を震わせてきた。

「だめぇ……もうウチ……あんっ、お願いっ、もう……」

もどかしそうに目の前で腰を振る瑞希がエロすぎた。

5

瑞希はシックスナインをやめて、よろよろと立ち上がった。

仰向けの英吉の方に向くと、今度はそのまま英吉の下半身をまたいで腰を落としてきた。

よほど気持ちが急《せ》いていて、自分から動きたくなっているのだろう。

「ウチが上でもええ?」

「ああ、瑞希ちゃんが悶《もだ》える顔がじっくり見えるから、いいよ」

「エッチッ……もう……」

ふくれながら、ショートヘアの女子大生が勃起をつかみ、角度を調節しながらゆっくりM字開脚を見せてくる。

「えっ……? な、生ハメっ……待ってくれ、ゴムが……」

途中で買うのを忘れていた。

焦る英吉を尻目に、瑞希は首を横に振る。

「ええの。英吉さんのが欲しいけん、ウチ……大丈夫なんよっ……ホンマに」

真顔で言いつつ、切っ先を濡れ溝にこすりつけてくる。

本当はだめだ。女子大生と生ハメなど重罪だ。

だけど、瑞希が欲しかった。

このままひとつになりたかった。

「うっ……！」

切っ先が嵌まっただけで、膣内が狭いとわかった。

だが英吉の分身はカチカチだから、とても狭い入り口を無理矢理にこじ開けて膣道を押し広げていく。

「ぁあああ！　や、やんっ……おっ、おっき……」

瑞希が半分ほど挿入したところで、涙目で見つめてきた。

「痛い？」

瑞希が顔を横に振る。

苦しいのは間違いないのに、健気《けなげ》だった。

そのまま前傾してきて、英吉をギュッと抱いたのちに、尻をゆっくりと落としてくる。

（くっ、ううう……）

亀頭部がぐっと奥までめり込んでいく。すさまじい嵌入感《かんにゅうかん》だ。

これほどまでに狭いおまんこは初めてだった。

熱くて、どろどろしている。まるで膣が驚いたように、どくんどくんと脈動しているのもわかる。

そのままふたりでじっとしていたら、なじんできたのか、ようやく根元まで挿入できた。

「やあんっ……すごい奥に当たってるっ。ああ、お腹の中、ぜーんぶ英吉さんのオチンチンで……感じちゃうっ」

瑞希が、上体を立て、上に乗って腰を動かしてきた。

「くっ……」

根元から揺さぶられながら、膣がぎゅっ、ぎゅっ、と締まってくる。

今までに感じたことのない快美《かいび》に英吉は酔いしれた。

結合部がぐっしょりと濡れていなかったら、ここまでスムーズには出し入れできなかっただろう。

瑞希はショートヘアを振り乱しながら、大きな目を潤ませている。

気持ちいいのだろう、くい、くい、と腰が前後に動いてきて、イチモツを搾《しぼ》り立ててくる。

もうたまらなくなり、下から突き上げる。

すると、

「あんっ！　だ、だめっ……」

瑞希が叫んで、英吉は驚いた。

「え？　だ、だめっ？」

「……だめなの……強すぎてっ……ねえ、ねえっ。ウチのことギュッとして。ウチの身体、ぬくめて欲しい。ギュッてしながら奥まで突いて欲しい……」

ぬくめて、というのは温めて欲しいということだろう。

英吉は上体を起こし、瑞希のM字になった脚を伸ばして、胡座《あぐら》をかいた上に乗せて抱っこした。

瑞希が小柄で軽いから、対面座位に簡単に移行できた。

「ウフッ。ねえ……もっとギュッてして。英吉さん……」

瑞希の背中に両手をまわすと、乳房の重みと柔らかさを胸板に感じた。

瑞々しい身体は汗ばんでいる。だけど、もっと温めたいと、挿入したまま瑞希を抱きしめる。

「これ好きっ……抱っこされるの、すごく安心するの……」

うっとりしたような表情で、瑞希が唇を寄せてきた。

チュッ、チュッ、と唇や鼻先や、無精髭《ぶしょうひげ》の顎までついばむようなキスを浴びせてきてから、舌先が唇をなぞってきた。

「ウフフッ。好きっ」

甘えてきて、英吉の口の中に舌を滑り込ませて、すべてが欲しいというように口の中を舐めてくる。

瑞希の中にあるイチモツが、じくじくと疼く。

さらに自分からも舌をからめていき、ふたりで貪《むさぼ》るようなキスをしながら、突き上げてやる。

（夢のようだ。こんな可愛い女子大生とイチャイチャできるなんて）

牡蠣鍋で身体が温まったと思ったら、さらに新鮮な生牡蠣をいただき、心まで温められている。

もうすべてが欲しくなり、キスをほどいて身体を丸め、ツンと上向いたキレイな乳房にむしゃぶりつく。

「あんっ……！」

瑞希が反応して、腰を揺らしてくる。

こちらも負けじとズンズンと突き上げる。

「ああんっ……だめっ……いい、気持ちいいっ……あんっ……あんっ」

耳元で女子大生の可愛い喘ぎ声を聞いて、ますます興奮してきた。

すべすべの背中とキュートなヒップを抱き寄せて、抱っこしたまま下から猛烈に跳ね上げる。

「はああんっ……いいっ……いい……ああんっ、もっと、もっと突いて……」

瑞希がせがんできた。

（よ、よし……）

今度は瑞希を後ろに倒して、自分の脚を抜いて上になる。

攣《つ》りそうになりながら、なんとか挿入したまま正常位に移行できた。

（ようしこれなら……）

前傾するように、ぐいぐいと奥を穿《うが》つ。

「ああんっ、は、激し……ああんっ、すごいっ……」

瑞希は先ほどより甲高《かんだか》い声で艶めかしい声をあげる。

突くたびに、キュッと結んだ唇が緩み、

「あっ……あっ……」

と、哀切な声が漏れてくる。

「あんっ……ああんっ……」

もうどうしようもできない、というような、その愛らしくもせつなそうな表情がたまらなかった。

さらに体重をかけて、ストロークした。

「あんっ……あんっ……あんっ……」

瑞希は自ら脚を大きく広げて、うっとりした泣き顔で見上げてくる。

唇を寄せれば、瑞希がむしゃぶりついてくる。

キスをやめ、唾にまみれたおっぱいを揉みしだいて、もう片方の乳首にむしゃぶりついた。

「ああんっ……だめっ……だめなの……ああっ、はああんっ」

のけぞりながらも、膣はもっとしてとばかりに締めつけを強めてくる。

英吉はさらに突き上げた。

すると、奥の柔らかい部分に切っ先が当たり、それをこすると、

「あっ……！　あああッ！」

瑞希は可愛い顔をくしゃくしゃにして、いよいよ下腹部をせり上げてきた。

（そ、その動きはまずいっ……）

射精したくなってきた。

だが、それをこらえて、がむしゃらに腰を突き上げる。

すると、

「ああぁっ……だめっ……そんなにしたら……ウチッ……そんなにしたらイッちゃぅ……ねえっ……おかしくなるっ……イッちゃうッ……」

彼女は英吉の腕をギュッとつかんで、とろんとした目を向けてくる。

女子大生とは思えぬ、女の欲望にまみれた目に、英吉の興奮のボルテージがますます上がった。

「いいよ、イッて。ああ、こっちも出そうだ」

自らも欲望が下腹部に宿っていくのを感じつつ、さらに強く穿ったときだ。

「あんっ……ああんっ、あんっ……イクッ……ねえ、一緒に、一緒にいこっ……出して……私の中に……ああんっ……イクッ、イッちゃううう！」

瑞希が大きくのけぞり、ぶるぶるっと震えた。

膣が激しく痙攣《けいれん》するのを感じ、その瞬間に英吉もしぶかせていた。

（くうう……）

すさまじい快楽だ。全身に電流が流れたみたいだ。

脳みそがとろけるほどのすさまじい快楽の中、女子大生の体内に欲望を注ぎ込んでいく。

（さ、最高だ……）

興奮に震える中、瑞希が恍惚《こうこつ》に打ち震えながら、ギュッと抱きついてきた。

汗ばんだ身体は、甘酸っぱい匂いがする。

バニラのような体臭と汗の匂いがブレンドされた、女子大生の匂いだ。

（この子のカレシになる男は、大当たりだろうな）

そんなことを思いつつ、やがて注ぎ終えると、瑞希がうれしそうな顔をして見つめてきた。

「ウチ……今まで……イッたことなかったけん……すごかった」

そう言って英吉の右腕を取って頭の下にして、腕枕しながらまた美しい裸体を寄せてくる。

「ねえ、ホンマに東京行ってもええ？」

「もちろんだよ」

英吉が頭を撫でると、瑞希は目を細めて甘えるように抱きついてくる。

寒い広島の夜は、牡蠣鍋もいいが、若い女の子のあったかいぬくもりの方がいいなと、ひとり悦《えつ》に入るのだった。

第五章　博多モツ鍋で年下女上司とほっこり

1

校了が近づいてきて、編集部も慌《あわ》ただしくなってきた。

何せ今回は取材が多く、ここにきてもまだ英吉の担当する「鍋特集」の一部のページがデザイナーにまわっていない。

というか、最後の取材がまだ終わっていないのだから、さすがに英吉も焦っていた。

「正月号はあと、窪塚さんの見開きだけっすから」

喫煙ルームで電子煙草を吸っていると、デザイナーの臼井《うすい》がやってきて、プレッシャーをかけてきた。

「しゃーないだろ。昨日モツ鍋の取材で福岡に行こうとしたら、その奥さんが利き手を骨折したって急に言ってきたんだから。今探してるんだよ」

「福岡だったら、鮎川さんに訊いてみたらいいのに」

臼井がさらりと言う。

「玲子さんって、福岡なんか？」

「そうっすよ」

知らなかった。

なんとなくだが、あの都会的な雰囲気は、東京出身じゃないかと勝手にイメージしていたのだ。

それなら訊いてみようかと思ったが、朝から姿を見ていないことに気がついた。

「あれ？　今日、玲子さんは？　取材か？」

訊くと、臼井はうまそうに電子煙草をくゆらせながら、

「なんか実家に戻ってるとか聞きましたけど」

と答えた。

「へ？　この忙しいときに？」

「親が入院したみたいですよ」

「ありゃ。それは大変だなあ」

英吉も電子煙草を吸いながら、そんな一大事のときに訊いてもいいのかなあと思っていたら、臼井が声をひそめてきた。

「そういやあ、鮎川さん、このところおかしくありません？」

「何が？」

「何って、元気ないし、仕事でも簡単なミス連発するし、やたら怒るし」

「そりゃあ、おまえがへましてるからだろ？　打ち合わせ中にパソコンでエロ動画ダウンロードしてたんだろ」

「そりゃずいぶん前の話で、もうその女優は引退してますから」

臼井が真面目に言う。

「あほか、なんだよそりゃ」

ため息をつきつつも、玲子のことを考えた。

確かにいつもの自信満々な表情はすっかり見なくなった。

最近よく目にするのは、編集長に怒られているところだ。

デキる女はいつも元気いっぱいで、テキパキと動いて目立っていたから、元気がないと周りが気をつかうのだ。

それに、である。

先日一緒に飲みに行ったときのことも気になっていた。

何度か、グラスを見つめて深いため息をついていたのだ。

「親御さんのことが心配なんでしょうねえ」

臼井が、輪っかの煙を吐いた。

「まあそうだろうな」

自分の親のことを考えた。

このところ電話してくる回数が増えて、やたら、

「おまえの同級生の子が、小さい子どもを連れて歩いていた」

とか、

「最近疲れてばかり。お迎えが近いのかも」

とか、遠回しに結婚して孫を見せて安心させろと、プレッシャーをかけてくる。

男でもそうなのだ。

まして、玲子は三十二歳のバツイチ。

そんな娘がいたら、親は心配するだろうし、娘も親を安心させたいだろう。

そんなときに申し訳ないと思うのだが、背に腹は代えられなかった。

英吉は席に戻るとすぐに、

「申し訳ないですけど、どなたか紹介してくれませんか？」

と、玲子にメールを打つ。すぐに中学時代の家庭科の先生なら交流があると返ってきた。

その夜、

「明日でよければ取材受けてくれるって」

と、もう一通返信がきたので、英吉は慌ててホテルを予約して、福岡に取材に行くと編集長にもメールを出したのだった。

2

玲子の中学時代の恩師は、とても感じのいい人だった。

急な取材も快く引き受けてくれて、しかも元教師だから、モツ鍋の説明にもよどみがない。

取材は二時間ほどで終わり、玲子に電話をかけた。

「おかげで無事終わりました。ホントにいい人で、助かりました」

電話の向こうの玲子は、ホッとしたように笑った。

「そう。よかったわ。ねえ……今日はホテルに戻って、取材のまとめをするんでしょう？」

「ええ。でも、写真とレイアウトはもう送ったので、あとは原稿を書いてデザイナーに渡せば……」

「なら、少しは時間あるかしら？　飲みに行かない？」

急に誘われて英吉は驚いた。

「あれ？　でも、親御さんが入院って……」

「うん、そんなに悪くなかったから。私も明日には東京に戻ろうと思うの。それでね、お店の場所なんだけど……」

玲子が電話で説明してくれた。行きつけの小さな居酒屋らしい。

博多《はかた》のその店は、英吉の泊まっているホテルから歩いて五分のところにある。

こぢんまりしていて、店構えも古い。

どうやら玲子は、こういう昔ながらの、味で勝負する店が好きらしい。

店の前で待っていると、ぽん、と肩を叩かれた。

「お待たせ」

振り向くと、普段着姿の玲子がいた。

コートの下は紫のニットだった。

ハッと息を呑むほどに胸元が大きく隆起し、悩ましい丸みを描いている。

そして下は控えめな長さのタイトなスカートだ。

（なんか、雰囲気が違うな……）

いつもの隙のないキャリアウーマンではなく、セレブな奥様って感じだ。

会社では見せないようなリラックスした笑顔を浮かべて、切れ長の目を優しそうに細めていた。

見とれていると玲子が、

「どうしたのよ。入りましょうよ」

と言って、居酒屋の引き戸を開けた。

「いらっしゃいっ」

と、威勢の良い声がかかると同時に、スープの匂いが漂《ただよ》ってきた。

店内は小さなカウンターとテーブルが三つあり、奥に一席だけ小上がりがあった。

客が三組いて、みな、モツ鍋をつついていた。

玲子はテーブル席を選んで、ふたりで座る。

（カチッとした格好もいいけど、こういうカジュアルな格好もいいな）

改めて玲子を見る。

クールな切れ長の目に、肩までの長さのカールした栗色の髪。

スッと通った鼻筋に潤《うるお》いのある赤い唇がセクシーで、性格は高飛車《たかびしゃ》だが、やはりいい女だ。

店内に入ったときに、みな玲子を二度見したくらいである。

クールビューティというのは彼女のためにある言葉だと、大げさながらそう思う。

玲子はハイボール、英吉はビールを注文した。

「いやぁー、助かった。これで全部入稿できます」

ふたりで乾杯してから、英吉は礼を言った。

「あのいやみったらしい編集長に、どやされずにすむしね」

玲子がジョッキを呷《あお》って言う。

彼女が編集長をそこまで揶揄《やゆ》するのは珍しいと思った。

「編集長と何かあったんですか？」

「別に、何もないわよ」

と、何もないわけがない表情をしたので、英吉は気になった。もっと詳しく聞きたいと思っていたところにモツ鍋がきた。店員がカセットコンロを持ってきて野菜の入った鍋を載せる。

「このモツ鍋、美味しいのよ。昔ながらのあっさりした醤油味で。先生のところは味噌味だったんでしょ？　醤油も美味しいわよ」

玲子が鍋を軽くかき混ぜながら言う。

「いろいろ聞きましたよ。モツ鍋の発祥とか歴史とか。博多のモツ鍋が美味しいのは生モツを使うからだと。スープが煮立ってから新鮮なモツを入れて、ぷくっとふくらむくらい火を通せばＯＫだって」

「そうそう。新鮮な国産牛の生モツ。これがないとダメなのよ。新鮮なヤツだったら臭みもないし」

福岡には戦前から有名なモツの店があって、そこから広まってモツ鍋は博多の名物になったらしい。

九十年代初頭のバブル時代には、モツ鍋が一大ブームになって店が乱立したらしいが、玲子が言うように新鮮なモツを使わないと臭みが出てしまうので、美味しくない店は次第になくなっていったそうだ。

ということで、残っている店はちゃんと手間暇かけている店だと言える。

野菜が煮立ったので、モツを入れる。

ちょっと煮てから玲子が言う。

「ふくらんだから、もういいんじゃない？　煮すぎると美味しい脂が溶け出しちゃって旨味がなくなるから」

玲子がモツ鍋を取り分けてくれた。

柔らかくて熱々のモツを箸《はし》で口に運ぶ。

口の中でぷりぷり感が広がり、嚙《か》めばモツの脂の旨味や甘みが出てきて、野菜の甘みの効いた醬油のスープと抜群に合う。

「いやあ、旨いな。茹《ゆ》でモツじゃあ、この甘みは出ないでしょうね」

ビールを飲んで、口の中の濃厚な甘みを一旦さっぱりさせる。

玲子もハイボールを飲んで、うれしそうに言う。

「わかってるじゃないの。簡単に手に入る茹でた豚モツを使うのは博多では御法《ごはっ》度《と》なの。煮込まず、さっと煮て食べる。白菜とかもやしもＮＧ。水の出る野菜を入れるとスープが薄まっちゃうから。シンプルなのが美味しいのよ」

「なるほど。なんでもシンプルが一番か。この脂が旨いんですよね。スープがあっさりしてるから、くどくなくて、いくらでもいける」

はふはふと頰張《ほおば》り、またビールで喉《のど》を潤《うるお》す。

「ホルモンってのは最高ですね。煮ても焼いてもいい」

食べた後に、英吉は腹をさすりながら言う。

玲子が頷《うなず》いた。

「そうね。放るもんがホルモンの語源なんていうけど……」

「そんな話も、一説にはあるみたいですね」

「まあね。そういう意味では私も放るもんなのかなあ……」

玲子がぽつりと妙なことを口走った。

「なんです？」

英吉が眉を寄せて訊くと、玲子はハッとしたような顔をした。

「なんでもないわ。ねえ、シメはラーメンでいい？」

何か、ごまかしてるような素振《そぶ》りだ。

先ほども、編集長に対して珍しく愚痴を言っていた。

「気になるな。やっぱり何かあったんですか？」

「だから……別にないってば」

玲子がムキになった。

珍しい。

「でも……最近おかしいですよ。元気がないし……親御さんのことかなと思ったんですけど、そうじゃなさそうだし」

玲子が難しい顔をした。

「プライベートなことよ。キミにそこまで心配してもらうようなことじゃないわ」

「まあそうですけどね」

頑固《がんこ》だなあと思っていると、玲子がハアとため息をついた。

そのときにちょっと身体を丸めたため、ニット越しの巨大なふくらみが、テーブルの上に乗ったので目を見張った。

(でっか……スライムみたいだな)

相当重いのだろう。

そのままテーブルが傾きそうなくらいだ。

押しつぶされている乳房の柔らかさを想像して、英吉が緊張していると、玲子は切れ長の目でジロッと睨《にら》んできた。

「何？　もしかして私とヤリたいの？」

突然の切れ気味な言葉に、英吉は目を見開いた。

「なっ……！　な、な……何を言ってるんです」

上司と部下だ。

ただ、いい女だとは思っていて、自慰行為に使ったことは正直、何度かある。

だが仕事仲間という感覚だ。

「ヤ、ヤリたいなんて、そんなコト思ってないですよ」

必死に否定したときだ。

彼女が泣き笑いのような顔をした。

「……そうよね、私なんか……若くもないし、すぐ怒るし、人を好きになると突っ走っちゃうし」

「玲子さんが？」

驚くと、玲子がジロッと睨んできた。

「なあに？　私が恋愛体質なの、悪い？」

からんでくるのも珍しかった。

目の下が赤らんでいる。

よく考えたら、かなり速いピッチで飲んでいるなと今、気がついた。

「いや、別に悪いなんて」

「ホントは笑ってるでしょ？　三十過ぎて男にフラれて、それが仕事にも影響出てるなんて、自分でも笑っちゃうわよ」

なるほど。

ここのところ、妙に元気がなかった理由がよくわかった。

（しかし、玲子さんが恋愛に依存しちゃうタイプだったとはねえ……）

恋愛のことなら、口を挟まないのが一番だろう。

黙って聞くことにした。

「……でね、こんな不規則な仕事をしてると、会えない時間が多くなるわけじゃない？　だから不満がたまっちゃって。そうすると向こうも満たされてないからカリカリして、悪循環になるわけよ……私、束縛しちゃってたのかなあ……」

そういえば、少し前のことだ。

会社の近所の居酒屋で、

「独身ねえ……男の人って、自由でいたいのかしら？」

なんて、零《こぼ》していたのを思い出した。

あの頃から兆候《ちょうこう》が出ていたのだ。

「前の旦那ともそれが原因で別れたし……もうね、捨てられるのはごめんなの。ホルモンじゃなくて、カルビとかロースになりたいの」

……なんだかよくわからなかったが、とにかく自分に自信がなくて悲観しているようだ。

「カルビとかロースとか、よくわかんないですけど……俺、ホルモンの方が好きですよ。嚙めば嚙むほど味に深みや甘みが……」

「嚙まないと、良さがわからないんでしょう？　それに嚙みつくしたら、味がなくなるって言いたいわけね」

玲子がまた睨んできた。

完全に悪酔いしているようだった。

「そうじゃなくて……ホルモンは一度食べたら病みつきになりますよ。忘れられない美味しさで……この店もまた来たいなって思いますもん」

よくわからない話でまとめたが、玲子は「そうね、ホルモンもいいわよね」と納得したようだ。

まったく女心というのはわからない。

旨いけど扱いが大変な「生ホルモン」みたいだ。

3

トイレに立った玲子がようやく戻ってきた。

今日は足下がちょっとおぼつかないし、頬がかなり赤く染まっている。ニットの胸元が悩ましく揺れて、タイトなスカートから伸びた美しい脚が、ふらふらしている。

いつものハイヒールではなく、踵《かかと》の低いパンプスを履《は》いていたが、それにもかかわらず今にも転びそうだ。

酒には強いはずだから、今日はかなり飲んだのだろう。

「行きましょうか。お会計すませてきたし」

玲子がコートを羽織りながら言う。

「いや、払いますよ。半分……」

「いいのよ、行きましょう」

と歩き出したときだ。

あっ、と小さく言って英吉に抱きついてきた。

反射的に腕で支えて、抱きしめる格好になってしまう。

わずかに甘い柔肌《やわはだ》の匂いが鼻先をくすぐってきた。

もっと身体は細いのかと思っていたが、意外にムッチリとして抱き心地がいいのに驚いた。

しかもである。

（おおうっ。む、胸が……）

ニット越しの巨大なバストを、もろにシャツ越しの胸板に感じた。

ものすごい重量感と柔らかなたわみだ。

三十二歳のバツイチの濃厚な色香をムンムンと感じて、英吉はいけないと思うのに欲情してしまった。

（れ、玲子さんも、女なんだ。いや当たり前なんだけど……）

いい女なのはわかっていた。

美人だし、おっぱいも大きいし、ヒップも充実していて、性的にも魅力的だった。

だが、そもそもが部下と上司である。

そういった関係になることなど、考えたこともなかった。

しかし今、初めて玲子を抱いたことで、仕事に厳しい上司である前に、ひとりの女であることを改めて自覚してしまった。

「れ、玲子さん……」

このまま抱きしめたかったが、まだ店の中だ。

通路で抱き合っていたら、周りの客にジロジロ見られてしまう。

「玲子さん、あ、あの……」

困って言うと、玲子はハッとした顔をして、

「ごめんなさい」

と、ふらふらしながら身体を離した。

腕の中にまだ玲子のぬくもりが残っている。

玲子とふたりで店の外に出た。

博多の繁華街から少し離れたところにある店だったから、人通りは少ない。

彼女の実家は、ここからタクシーで三十分ほどのところだと聞いている。

この様子ではおそらく電車には乗れないだろうし、危なっかしくて乗せられないから、大通りまで出てタクシーを拾おうと言おうとしたら、また玲子が身体を寄せてきた。

「モツ鍋、美味しかったでしょ？」

見上げてきて、ドキッとした。

普段はキリッとした切れ長の目が、とろけて潤んでいる。

「え、ええ……モツがあんなに美味しいなんて、思いませんでしたよ」

「ホントにホルモンでいいのかしら、私」

玲子がまた、おかしな比喩《ひゆ》を使ってきた。

仕事ではあれほど自信満々なのに、恋愛になると不器用なところが可愛らしかった。

こんな美人でも実は恋愛ベタ。

完璧なクールビューティの意外な弱点がわかって、ますます好感を持った。

「いいと思いますよ。モツは俺も好き……ンッ！」

しゃべっていた英吉の開いた口を、柔らかいものが塞《ふさ》いだ。

一瞬、何が何だかわからなかったが、すぐにそれが玲子の唇だとわかると、頭の中がパニックになった。

（キ、キス？　ウソだろ、玲子さんからキスしてくるなんて……）

呆然としていると、開いた口の中にぬるりと舌が入ってきた。

アルコールの甘さにモツ鍋の醬油の混じった味がする。

部下と上司だ。

こんなことといけない、と思いつつも気がつけば、英吉は玲子の腰に手をまわして、玲子の舌に自分の舌をからめていた。

玲子の唾液はとろけるように甘かった。

頭の中が、玲子のことでいっぱいになっていく。

「あんっ……ご、ごめんなさい……」

玲子がハッと何かに気付いたように、突然キスをやめた。

バツが悪そうな顔でうつむいている。

英吉は息を呑んだ。

（い、いけるのか……このまま、いけるんじゃないか？）

玲子を口説《くど》こうなんて考えたこともなかった。

三つ年下でもデキる上司で、毎日顔を突き合わせている仲間だ。

家族や兄妹に近い禁忌《きんき》があった。

だが、いざこうして口づけを交わすと、恐ろしいほどの背徳感と、それゆえの甘美が英吉の身体を貫き、興奮が下腹部に宿ってきた。

（上司だぞ、あの玲子さんだぞ……いいのか……？）

心の中で葛藤《かっとう》する。

オフィスラブなんて、リスクがともなうだけだ。

結婚を前提に、ということであればまだいいのだが、たった一度の火遊びで噂《うわさ》になったりしたら、お互い仕事がやりづらくなる。

それでも……今は玲子の匂いや唇の感触や、大きな胸の感触に頭の中が支配されて、そんなリスクなど吹き飛んでしまっていた。

自分の腕の中にこんなに魅力的な女がいる。

しかも弱っていて寂しそうで、ぬくもりを欲しがっている。

もうそれしか考えられない。

「私、タクシーを拾うわね」

弱々しく玲子が言った。

「え？　あ、ええ……」

肩透かしを食らった格好だが、そう言われたら従うしかなかった。

「じゃあ、大通りに出ましょうか」

店の前から細い路地に入ったときだ。

再び、玲子がバランスを崩して抱きついてきた。

咄嗟《とっさ》に腕で支えようとしたから、胸元に触れる形になってしまう。

その瞬間に理性が飛んだ。

ニット越しの柔らかなふくらみを揉《も》んで、抱きしめながらキスをした。

「ん、ううん……ううん」

玲子は嫌がるどころか、積極的に口づけを受け入れてくれた。

先ほどは衝動的だったが、今度はお互いが望んだキスである。

ねっとりと舌をからませ合い、唾液をすすり飲む。

たまらなかった。

夢中になって玲子の舌をしゃぶりまわせば、淫《みだ》らな気持ちが高まっていく。

胸をまさぐる手も大胆になって、重さや柔らかさを楽しむように、ぐいぐいと指を食い込ませてしまう。

「はあっ……ああんっ……」

息苦しくなったのか、玲子が唇を離して甘く喘《あえ》いだ。

胸を揉みしだかれた玲子は感じていて、さらに体重を英吉に預けてきた。

せつなそうに眉をひそめ、ハアハアと喘ぎ、いつもの凛《りん》とした表情とのギャップで余計にエロい。

胸を揉んでいた手を外し、玲子の手を握った。

彼女はうつむいたまま握り返してくる。英吉は息を呑んだ。

「あ、あの……酔っていて、危ないから、よ、よかったら、俺の泊まっているホテルで休んで……」

玲子は少し考えてから、こくっと頷いてくれたのだった。

4

英吉のホテルの部屋に入るやいなや、どちらからともなく唇を求め合った。

「ううんっ……んっ……ううんっ」

玲子とのキスは、今まで地方で出会った人妻とはまったく違った興奮を英吉にもたらした。

毎日顔を合わせている女性である。

仕事仲間の関係が、男女の関係に切り替わる。

なるわけないと思っていたことが現実になってしまい、今までになく玲子に欲情してしまう。

英吉は玲子を抱きしめ、キスをしながら右手でタイトスカートの尻を撫で、左手でニットの上から胸のふくらみをつかんだ。

「んんんっ……」

玲子は唇を奪われたまま、顔をのけぞらせる。

（おっぱいもお尻もムチムチだ。さすが三十二歳のバツイチ……この前まで人妻だったんだもんな）

乳房のたわみが、ニットとブラジャー越しに指先に伝わってくる。

手を開いてもつかみきれない大きさで、下からすくうようにして揉めば、指先がめり込んでいくほど柔らかい。

（ああ、あの玲子さんと……まさかこんな関係に……）

身体が震えて、おかしくなりそうだった。

毎日のように、怒られたり、話し合ったり、笑い合ったり、時には反発し合ったりもして雑誌をつくってきた戦友だった。

その彼女と身体の関係になるのだ。

興奮しないわけがない。

「はあ……」

彼女がキスをほどいて、息継ぎするように色っぽく息を吐いた。

切れ長の目が、今にも泣きそうなほど潤んでいた。

彼女にもいろいろ葛藤があるのだろう。

ここで部下である英吉と身体を交わしたら、明日から会社でどんな風に接すればいいのか、そして……英吉とこれから先、どんな関係になりたいのか……。

しかしそんなことよりも、彼女は今、ぬくもりを欲しがっている。

玲子は自らのニットの裾をつかんでめくりあげ、頭から抜き取った。

紫のブラジャーに包まれた、巨大な乳房が露《あら》わになって、英吉は両目をこれでもかと見開いた。

ブラはハーフカップで、今にも乳首が見えそうだ。

(こんなエッチな下着をつけて……いつもなのか？　それともまさか、こうなることを望んでいて勝負下着を？)

いろいろ考えつつも、英吉は目に焼きつけるように玲子のセミヌードを見た。

ゴージャスなクールビューティには紫の下着がぴったりだった。

「あん、視線が怖いわよ……」

玲子は恥じらいつつも、背中に手をまわしてブラジャーのホックを自分で外した。

ブラを取り去ると、見たこともないような巨大な乳房がこぼれ出た。

わずかに垂れてはいるが、それでも下乳がしっかりと丸みを帯びていて、若々しい張りがまだ十分にある。

乳輪は大きく、色は薄茶色だ。

「ああ、すごい……」

英吉は息を呑んで、ため息をこぼす。

「ウフフ。いつも見ていたクセに……恥ずかしいんだから、大きいのって。肩もこるしね」

垂涎《すいぜん》のバストを披露《ひろう》しながら、玲子は近づいてきて、またキスをする。

舌をからませつつ、ベッドに押し倒した。

仰向《あおむ》けにして上になりながら、今度は直に女上司の乳房をつかんだ。

(や、柔らかい……)

指に力を入れると、どこまでも沈み込んで乳房が形を変えていく。

それでいて、奥からぐっと指を押し返してくる弾力がある。

たまらない揉み心地だった。

夢中になって、やわやわと揉みしだくと、

「あっ……あンっ……あふッ……」

甘い吐息を漏らした玲子が、とろんとした目で見つめてくる。

露わになっている鎖骨《さこつ》から乳房にかけて、白い肌にうっすら汗をにじませていて、甘酸っぱい匂いを醸《かも》し出している。

(いい匂いがする……いつもの香水だ……)

禁忌の興奮が、これでもかと襲いかかってくる。

英吉は夢中になって玲子のおっぱいを揉みながら、先端の突起を口に含んでチューッと吸いあげる。

「あっ！　あんっ……ううんっ……」

玲子が顔をぐっとのけぞらせる。

さらに玲子の乳首を舐めしゃぶり、激しくチュッ、チュッと吸い立てれば、口中で乳首がシコってきたのがわかり、

「ンンッ……あっ……いやんっ……やあああァ……」

ついに玲子は右手を下へ伸ばして、英吉のふくらみを撫でてきた。

(玲子さんが触ってきた……意外とエロいんだな、この人……)

昂《たか》ぶりつつ、乳首を強く吸うと、薄茶色の乳首がピンピンして取れそうなほど硬くシコってきた。

セミロングの髪も乱れて、汗ばんだ頬に張りついている。

乳首を舐めながら玲子の表情を盗み見れば、彼女は眉を折り曲げて、とろんとした目を向けてきた。

タイトスカートを穿《は》いた下半身が、じれったそうに動いている。

間違いない。

彼女も昂ぶってきたのだ。

「ああんっ、ねえ……ちょうだい……」

玲子は身体を起こして髪を掻《か》き上《あ》げてから、いったんベッドから下り立った英吉の股間にしゃがみ込んだ。

ベルトを外し、ずるっとパンツごと引き下げられる。

弾けるように勃起しきった男根が飛び出したのを見て、英吉は全身が熱くなるほどの羞恥《しゅうち》を感じる。

上司である玲子に、勃起を見られているのだ。

しかもシャワーなど浴びていない、一日中パンツの中にあった男性器だから、匂いもするだろう。

だが玲子はそんなことは気にしないと、男根の根元に指をからめ、そのまま鎌《かま》首《くび》に大きく開いた口を被《かぶ》せてきた。

「おおお……れ、玲子さん……」

分身が咥《くわ》えられた。

衝撃だった。

あの玲子が……凜としたクールビューティが……自分のイチモツを一心不乱に舐めている。

「ウフフッ……」

玲子は上目遣《うわめづか》いにこちらを見ながら、裏筋をねろねろと舐め上げてきた。

「く、くううっ……」

チンポがとろけそうな快感に、英吉はのけぞった。

フェラチオしながら上目遣いをするなんて、完全に男が気持ちよくなるポイントをわかっている。

「うふんっ……ううんっ……」

玲子はうっとりした顔で悩ましい声を漏らしつつ、さらに、じゅるるっと唾《つば》の音をさせながら咥え込んできた。

「あ、ああ……そんな、汚いのにっ……」

英吉が言うと、玲子はいったんフェラをやめて見上げてくる。

「ウフフッ。キミのオチンチンは、そんな風に思ってないじゃないの。うれしそうにヨダレを垂らして……」

「えっ」

玲子が卑猥《ひわい》な単語を口にした。

驚いていると、玲子は再び咥え込んでくる。

あったかい口の中で、裏筋やカリのくびれを柔らかい舌で刺激される。

さらには敏感な亀頭冠《きとうかん》を唇で締めつけ、じゅるっと音を立てて、鎌首だけを吸ってくる。

「あっ……ああ……」

たまらなかった。

じっとしてなどいられずに、腰をくなくなさせてしまう。

玲子はおっぱいを揺らしながら、亀頭を飲み込み、じゅぷっ、じゅぷっ、と唾の音を立てて顔を打ち振ってくる。

それだけではない。

いったん口から勃起を出して、ぬらぬらの亀頭部を手のひらでくるんで、撫でまわしてきた。

「うっ！　そ、それだめっ……」

一気にペニスの芯が熱くなり、射精しそうになって腰を引く。

玲子はその様子を、ウフフと笑っていやらしく見つめていた。あのいつもの落ち着いた雰囲気とはまるで違う、別人の顔だ。

（くっ、う、うますぎる……）

身悶《みもだ》えていると、チンポの先がむずむずしてきた。

玲子はさらに、裏筋やカリ首や鈴口《すずぐち》といった男の性感帯を、狙ったように舌で舐めまわしてくる。

（恋愛体質って自分で言うだけのことはある。男に奉仕するのが好きなんだな）

社内では「男なんかに負けない」という勝ち気な顔をして仕事しているものの、ベッドではエロいテクを駆使して男を悦ばせたいと思っているのだ。

（さ、最高じゃないかよ……）

玲子はますます深く咥え込んできた。

ペニスの芯までしゃぶられていると錯覚するほど、腰が熱くなってとろけてくる。

玲子の手は睾丸《こうがん》をもてあそび、舌先は会陰《えいん》まで這《は》いずってきた。

「おおおうっ……」

猛烈に射精したくなってくる。

「ま、まずい、出ちゃいますっ」

訴えると、玲子は勃起を口から吐き出して、色っぽく見つめてきた。

「ああん、私も……私もコレ、欲しくなってきちゃった」

玲子は言いながらタイトスカートを脱ぎ、紫のパンティも自ら下ろして全裸になった。

「エロい下着、つけてるんですね」

英吉は興奮しながら言うと、

「ウフフ。いつもこういうのを穿いてるのよ……ねえ、欲しいのよ。早く……」

いつもなのか、と胸が熱くなる。

仕事中も玲子はこんなエッチな下着を身につけているのだ。

（そ、それは燃えるな……）

それにしても、なんだかベッドの上でも玲子にイニシアチブを取られたままという感じで、ちょっと口惜《くや》しくなってきた。

男の沽券《こけん》に関わる……というと大げさだが、ベッドでは年下の玲子を従わせてみたくなった。

5

「玲子さん、欲しいなら、俺におねだりしてください」

ニヤニヤして言うと、とろけていた玲子がにわかに顔を曇らせる。

「何よ。欲しいって言ってるじゃない」

「どこに欲しいのか、俺に開いて見せてくださいよ」

英吉の羞恥を煽《あお》る言葉に、玲子が顔を赤くして目を細める。

「な、何をバカなこと言ってるのよ」

「欲しいんでしょう？」

玲子の目は潤みきっている。

間違いなく、欲しがっているのがわかる。

「でも……」

大胆に迫ってきた玲子であったが、自分から股を開いてアソコをさらけ出すことには、さすがに抵抗があるらしい。しばらく考えていた玲子だったが、

「早く」

英吉が煽ると、口惜しそうに唇を噛んでから、やがて決心したようにベッドの上に腰を下ろした。

そして、

「ああ……」

と、恥辱《ちじょく》の声を漏らして、ムッチリした太ももを左右に開いてきた。

（おおっ……）

濃いめの茂みの下に、くすんだ色の花園が見えた。

むせ返るばかりの牝《めす》の性臭《せいしゅう》が漂ってきた。

英吉は目を血走らせて玲子のおまんこを凝視《ぎょうし》する。

玲子は恥ずかしそうに顔をそむけ、英吉の前でさらに脚を開いていく。

亀裂の中身が露わになってきた。

くしゃくしゃになった小陰唇は大きめで、内部は幾重にもピンクの媚肉《びにく》がひし

めいている。

うっすら濡れているのが欲情を誘った。

顔を近づけると生々しい匂いが香ってくる。濃厚すぎて、くらくらした。

こんな美人でも、いやらしい牝の匂いを漂わせているんだと、英吉はほくそ笑む。

「ぬるぬるしてるじゃないですか……」

たまらなくなってきて、英吉は玲子のワレ目を指でまさぐった。

「んっ……」

ベッドの上で脚を広げたまま、玲子は裸体をビクッと大きく震わせる。

指を膣穴に押し込むと、そのままぬるりと膣穴に嵌《は》まり、熱いぬかるみに包まれた。

「あ……ああん……やめて……いきなり指を入れるなんて」

玲子が非難してくるも、どろどろの膣内で指を出し入れすると、

「はああんっ」

と、気持ちよさそうに顎《あご》をせり上げる。

さらにかき混ぜれば、ぬちゃ、ぬちゃ、と卑猥な音が湧き立ち、奥から蜜がと

ろとろとあふれてきて、玲子は大きく開いた太ももを震わせる。

「ああんっ……あっ……あっ……だめっ……」

だめと言いつつも、玲子は開いた脚を閉じようとはしない。

爪先がひくひくしていた。

とろんとした目は、もう欲しくてたまらないと訴えてきている。

だが、まだだ。

焦《じ》らしてやろうと、英吉は指を抜いた。

「あっ……」

玲子は、いよいよ挿入してもらえると思ったらしく、仰向けになろうとした。

英吉が待ってと声をかける。

「挿入はまだです。その前に、玲子さんが自分でしてみせて、おねだりしてください」

英吉の言葉に、玲子は大きく目を見開いた。

「な、何を言ってるのよ……そんな、そんなの……」

「見せてください。見たいんですよ」

また逡巡《しゅんじゅん》していた玲子だったが、やがて諦《あきら》めたのか顔をそむけ、震える右手を股間に忍ばせていく。

「ううっ……」

と、玲子がつらそうに呻《うめ》きながら、そっと内部の粘膜に指を持っていき、ワレ目を刺激し始めた。

(す、すげえ……玲子さんのオナニー……)

興奮して息苦しくなった。

英吉は身を乗り出して言う。

「も、もっとですっ……もっと奥まで指を入れてっ」

指示すると、玲子はチラッとこちらを睨みつけてから、それでも自ら指を膣に深く入れて、

「あンッ……」

と、かすかな喘ぎ声を漏らして、せつなそうな表情を見せてくる。

いじるうちに昂ぶってきたのだろう。

最初は、英吉が見ていることを意識してひかえめに指を動かしていたのに、次第に指の動きが大胆になってきた。

くちゅ、くちゅ、と音がするほど指を激しく出し入れし、

「アンッ……はあんっ……」

と甘い喘ぎ声を漏らして、脚を開いて陰部をこちらに見せつけたまま、淫らに腰をくねらせてきた。

英吉はもう目が離せなかった。

目の前で玲子の本気オナニーが繰り広げられているのだ。

股間のモノが臍《へそ》につきそうなほどそり返り、ズキズキと熱く脈動《みゃくどう》する。

「す、すごいっ、エロすぎます」

「ああん、だって……キミが……英吉さんが……やれって言うから……」

玲子が湿った声で、弱々しく言い訳をする。

初めて名前で呼ばれた。ドキッとした。

そうだ。

仕事を離れれば、玲子は三つも年下なのだ。

「き、気持ちいいかい？」

敬語をやめて、タメロで話す。

玲子は何度も頷いた。

「気持ちいいっ……気持ちいいのっ……」

「俺に見られてるのに？」

さらに煽ると、玲子はイヤイヤと顔を横に振って、

「見られてて恥ずかしいのに……でも……あっ、あっ……」

と、半開きになった口唇から、うわずった声が放たれる。

ぐちゅ、ぐちゅ、という水音が激しくなってきた。

挿入している指もみるみる透明な蜜でぐっしょりになっていく。

「ああんっ、だめっ……もうだめっ……お願いっ……オチンチン……オチンチンをちょうだい」

ハアハアと息を弾ませながら、ついに玲子が淫らな台詞《せりふ》を吐いた。

「こんなにエロかったんだね、玲子さん……」

近づきながら言うと、彼女は涙目で見上げてきた。

「そうよ。エッチだったの……だから、早く入れて……」

ベッドに押し倒された玲子が、せつなそうに見つめてくる。

その表情に、英吉の興奮はピークに達した。

「い、入れるよ。玲子さん、俺のを奥まで……ひとつになるよ」

「ああ、来て……来て……早く……」

もう恋人同士のように、ふたりの気持ちは盛り上がっていた。

玲子の脚を大きく開かせて、ペニスを玲子の陰部へとよじり入れていく。

切っ先が女肉に触れただけで、玲子の裸体がビクンッと跳ねる。

彼女の緊張が伝わってきた。無理もない。上司と部下だ。恥ずかしさと禁忌を感じているのだろう。

こちらもそうだ。

あの玲子と身体を交わす。

明日からお互いどんな顔をして一緒に仕事をするのか、普段通りに戻れるのか……。

不安はある。

しかし、こんな美しい女の豊満なボディと旨そうなおまんこを目の前にして、欲情は止まらない。

背徳の興奮のままに切っ先を押しつける。

一発で玲子の膣内に、ペニスがぬるぬると嵌まり込んでいった。

「ぁあぅ……！」

玲子が背中をのけぞらせる。

英吉はそのままぐぐっと、熱く滾《たぎ》る女壺に挿入していく。

「あっ、だめっ……あんっ……大きいっ……ああんっ！」

と、玲子は悲鳴混じりの悩ましい声をあげる。

（ああ……ついに、玲子さんとひとつに……！）

震えるほど感動した。

グッと奥まで挿入すると、締めつけが強まっていく。

「ああんっ……いい、いいわっ……」

玲子が喘いで、下からギュッと抱きついてきた。

ぷにぷにした柔らかい裸体。

まさにホルモンのようで、甘みのある脂がたっぷりつまった三十二歳の女盛りの肉体に包み込まれて、英吉は陶然《とうぜん》となる。

「んううんっ……ううんっ……」

唇を重ね、こちらも激しく舌をもつれさせ、ふたりの口が涎《よだれ》まみれになるほど激しいディープキスに興じる。

（ああ……玲子さんの中に入れたまま……キスしてるっ……最高だ……）

今までにない高揚《こうよう》だった。

玲子の膣内がぷりっぷりでとろけそうなのに加えて、やはり背徳の興奮が大きかった。

欲情してピストンすれば、

「ああんッ！　そんな、激しっ……はああんっ……もう、もう……イ、イキそうよっ」

キスもできなくなったのか、唇を離して玲子が大きく喘いだ。

「ああ、俺も……俺も出そうだ」

訴えると、玲子がつらそうな表情で見つめてくる。

「い、いいわよっ……出して……」

「えっ……中……」

「いいわ。英吉さんが欲しいの……いいのっ……」

そうは言っても……と、躊躇《ちゅうちょ》したのは一瞬だった。

（いいんだ。玲子さんがいいと言ってるんだ……）

許可を得たことで、英吉は激しいストロークを続けた。

パンパンと肉の打擲音《ちょうちゃくおん》が鳴り響き、汗が飛び散りシーツを濡らす。

結合部はもう汗と愛液とガマン汁で、ぐしょぐしょだ。

「ああん、だめっ、そんな……私、ああん、イク……イッちゃうっ……ねえ、私、イッちゃうっ！」

腰を大きくうねらせつつ、玲子が訴えてきた。

おまんこが搾《しぼ》られて、英吉は「おおうっ！」と吠えて射精した。

気持ちよすぎて意識が飛んだ。

どくどくっ、と、女上司の子宮にザーメンを浴びせながら、玲子を抱きしめて震えることしかできない。

「ああ……いっぱい……ああん……」

玲子はうわずった声を漏らしながら、腰をヒクヒクさせている。絶頂の余韻《よいん》だろう。

やがて出し尽くし、玲子の横にごろんと仰向けになる。

ハアッ、ハアッと息を喘がせてホテルの天井を見つめた。

まさかだった。

こんなに早くイッてしまうとは思わなかった。

それほどまでに玲子との身体の相性がよかったのだろう。

6

「ああ……よかったわ……」

玲子が抱きついてきて、ニコッと微笑んだ。

「俺もだ……まさかこんなに早くイクなんて……」

「ウフフ。それって、私がよかったってことかしら？」

英吉が頷くと、玲子はチュッと軽くキスをしてきて、

「うれしい……」

と顔を胸板にこすりつけ甘えてきた。

（ホントに恋愛体質なんだな……こんなに甘えてくるなんて……）

怒られないかなと思いつつ、玲子の頭を撫でてやる。

さらさらの髪がとても心地いい。

「ウフフッ……」

玲子は含み笑いすると、身体をずりずりっと下げていく。

何をするのかと思ったら、ザーメンと愛液にまみれ萎《な》えていたペニスに舌を這わせてきた。

「えっ……玲子さんっ……おうっ！」

玲子が貪《むさぼ》るようにペニスにしゃぶりつき、鈴口から残ったザーメンを吸い出してくる。お掃除フェラだ。

「ああ、俺の精液まみれのチンポを咥えるなんて……」

申し訳なく思って言えば、玲子は肉竿から口を離して見上げてくる。

「ウフフ。美味しいわ……男の人が、うれしそうにしてるの、好きなの」

そう言ってまた、咥え込んできた。

「おおっ……」

気持ちよくて腰を浮かせば、玲子が咥えたまま見上げてきて、また妖艶な微笑みを見せてくる。

（普段はツンケンしてるくせに、ふたりきりだと甘えてきて……最高だよ……）

ペニスが熱くなってきた。

見ると、イチモツがすでに七分くらいまで硬さを取り戻している。

「うふっ、すごいわ……もうこんなに硬くなって……ねえ、今、何か考えてなかった？」

「いや……やっぱり俺、ホルモン好きだなって思って……」

「え？　そんなこと考えてたの？　ウフフ。明日も食べに行く？」

「ああ……それよりも、もう一回……」

「え？　ああん、いいけど……大丈夫なの？」

「精が付いたから、大丈夫さ」

そう言って、再び玲子のぷりぷりの裸体に覆《おお》い被さっていく。

「ロースやカルビより、やっぱりモツが最高だよ」

ザーメンまみれの膣内に、再び挿入しながら玲子に言う。

「ああんっ……うれし……あんっ、あんっ……」

ぷりぷりして甘くて脂が乗って……何よりも噛めば味が出る。

そんな肉体をたっぷり堪能《たんのう》しながら、英吉はまた、女体のぬくもりに溺《おぼ》れていくのだった。

エピローグ

「ふう……」

英吉は家の湯船に浸かって、ため息をついた。

ようやく雑誌の校了が終わって、束《つか》の間《ま》の休息だ。といっても、もう次の号もその次の号も動いている。月刊誌に完全な休みなどないのである。

(年末年始号、どうするかなあ……)

去年の鍋特集は好評だった。

今年もその路線かなと思っていると、浴室の磨《す》りガラスに人影が映った。

「ごめんなさい、遅くなっちゃった」

磨りガラスの向こうから声がした。彼女が服を脱いでいるのがシルエットで見える。

何度抱いても、この瞬間は興奮する。

彼女がすべて服を脱ぎ終えて、磨りガラスのドアを開けて入ってきた。

恥ずかしそうにタオルで前を隠しているが、胸が大きすぎて隠しきれていない。

くびれた腰つき、お尻へと続くなめらかなボディライン……何度も見ているというのに、浴槽の中のイチモツがすぐにみなぎってしまう。

「打ち合わせで遅くなっちゃった。相変わらず編集長のこだわりがすごいんだもの」

玲子はそう言いながら、シャワーで身体を濡らす。

タオルがぴたりと身体に張り付き、艶めかしいボディラインがくっきりと露《あら》わになる。

「いつも言うけどさあ、タオルなんて意味あるのか、いまさら」

英吉が苦笑すると、玲子は小さく舌を出した。

「いつだって恥ずかしいの。女心ってそういうものよ」

そう言って、玲子は当然のように英吉のいる湯船に足をつけてからゆっくり入ってきた。

ふたりで入れば窮屈《きゅうくつ》で、お湯が、ざぶっとあふれてしまう。

「やん、ちょっと！」

玲子が真っ赤になって振り向いた。

お尻に勃起が当たったのだ。

「しょうがないだろう。こっちは男心さ」

ニヒヒと笑った英吉は、背後から玲子を抱きしめつつ軽く持ちあげてから、勃起の角度を調節する。

玲子が慌てて振り向いた。

「あんっ……だめっ……お風呂から上がったら、すぐにご飯つくらないと……」

「わかるけどさ……でも……なんだいこれ、お湯じゃないよな」

指先を玲子の股にくぐらすと、ぬるぬるしたものが指にまとわりついてきた。

「し、知らないわ……あんっ……」

玲子を股間の上にしゃがませて、とば口に亀頭部を埋め込んだ。

背面座位、つまり座りバックだ。

そのまま玲子の尻をぺたりと股間に座らせれば、根元まで一気に奥に嵌《は》まり込んでいく。

「ああんっ……だめっ……だめなのにっ……」

そう言いつつも、玲子が後ろに身体を預けてきた。

ゆっくりピストンすると、

「あ……あんっ……あんっ……ああんっ……」

と玲子は前を向きながら、早くも甘い喘《あえ》ぎ声をあげてくる。

湯がパチャパチャと跳《は》ねる。

玲子の喘ぎ声が、風呂場の中で反響する。

（くうう……気持ちいい……ぷりぷりのおまんこ、最高だ……）

玲子の腋《わき》の下《した》から手を差し入れて背後から乳房を揉《も》みしだきながら、腰を跳ね上げる。

「ああんっ……！」

玲子が大きくのけぞったときだ。

シャンプー棚に置いてあった玲子のスマホが鳴った。

彼女は真面目だから、仕事で何かあったらいけないと、浴室にもスマホを持ち込んでいるのだ。

いったんピストンをやめる。

玲子は英吉とつながったまま手を伸ばし、スマホを取って画面を見た。

「臼井くんからだわ」

玲子が背後にいる英吉に画面の表示を見せてきた。

「なんだろな。こんな時間に」

英吉が言うと、玲子が裸体をよじって結合を外そうとした。

英吉は抱きついて、立ち上がろうとした玲子を押さえつける。

風呂の湯がパチャパチャと大きく跳ねた。

「な、何するのよ」

「このまま電話しなよ。俺は入れたまま動かないからさ」

玲子が振り向いて目を剝《む》いた。

「ええっ！　そ、そんなことできないわ。仕事なのよ。電話ってことは緊急の用なんだろうし……」

玲子と付き合っていることは、社内でもまだ秘密だ。

「いいじゃん。俺も聞いてるから、話が早いだろ？」

「だめっ……そんなのだめよ……」

玲子がイヤイヤと首を横に振る。

まあ、嫌がるのは当然だろう。男のモノを挿入しながら、仕事の電話をするなんて真面目な玲子には堪《た》えられないはずだ。

だが……そんな嫌がる玲子を見て英吉は興奮してしまった。

玲子の中のイチモツがビクビクと疼《うず》く。

「いいじゃないか。ホントに動かないからさ」

英吉は後ろから玲子のスマホの通話ボタンと、スピーカーのボタンを押した。

「もしもし？　鮎川さん？」

臼井の声が浴室に響く。

玲子はジロリと英吉を睨《にら》んでから、大きくため息をついて口を開いた。

「もしもし。臼井くん。どうしたの、こんな時間に」

玲子がしゃべるたびに尻が揺れて、勃起が揺さぶられる。

（おおっ……）

そんな刺激も気持ちいいが、玲子を辱《はずかし》めている興奮が何よりもたまらない。

「あれ？　鮎川さん、声がへんですよ」

「今、お風呂に入ってるの。ごめんなさい」

一瞬間があってから、

「あ、あの……い、いいんですか？　かけなおしましょうか……」

「かまわないわよ。何かしら」

臼井が間を置いたのは、おそらく玲子の入浴シーンを妄想したのだろう。

（悪いな臼井。今、玲子は俺とセックスしながら電話してるんだよ）

ちょっとした優越感に忍び笑いを漏らすと、玲子がちらと肩越しに怖い目を向けてきた。

「今、編集長から連絡があって。再来月の号、また鍋特集しようって。去年が好評だったんで、それで明日打ち合わせしようって……すみません、その連絡なんです。メールだと準備が間に合わないかと思って。朝九時からですって」

げっ、本当にやるのか、と英吉は顔を曇らせた。

あの特集は本当に大変だったのだ。いい思いもたくさんしたけど。

苦虫を嚙みつぶしたような顔をしていると、玲子がチラッとこちらを見てからクスクス笑った。

「……？　なんですか」

電話の向こうの臼井が訝《いぶか》しんだ声を出した。

「ごめんなさい。なんでもないわ。わかったわ。それで準備なんだけど……」

玲子に笑われて、ムッとした。

それもあるのだが、いよいよじっとしていられなくなってきた。

（くうう、動かしたい……す、少しだけなら）

たまらなくなって玲子の腰をつかみ、ほんの少しだけ下から突き上げてみた。

「ンッ……！」

玲子がわずかに声を漏らして、慌《あわ》てて通話口を手で塞《ふさ》いで睨んできた。

「なっ、何をしてるの？　動かさないって……」

「わかってるけど、ガマンできなくて」

小声の会話中にも、ぐいぐいと腰を突き上げると、

「あんっ……だめっ……絶対だめ……英吉さん、だめっ」

焦った顔をしながらも、玲子の膣がペニスを締めつけてきた。

「フフ。感じてるじゃないか。ほら、早く出ないと臼井が怪しむぞ。あとでまた電話をするなんてなしだよ。ちゃんと最後まで会話するんだ」

英吉が言うと、玲子は口惜しそうに唇を嚙みしめながらも、通話口を塞いでいた指をどけた。

「もしもし？　鮎川さん？」

臼井がまた訝しんだ声で訊いてくる。

「ごめんなさいね。電波が遠いみたい。それで？」

「あの、ついでに訊きますけど、窪塚さんがどこにいるかなんて、知りませんよね？　何度もかけてるんですけど、全然つかまらなくて」

玲子がハッとしたような顔をして後ろを見た。

英吉は首を横に振る。

「知らないわ。どこにいるのかしら」

「そうですよねえ。それで、編集長からなんですが……」

臼井が伝言を告げている。

玲子の横顔が見る見る赤くなってきていた。

のぼせているのではない、恥ずかしいのだろう。

そんな顔を見せられたらもうだめだ。

電話している玲子を押さえつけるようにして、無理矢理に下から突き上げた。

「あンっ……」

玲子が感じた声を出して、身体をのけぞらせる。

「あ、鮎川さん？　だ、大丈夫ですか？」

スマホから、臼井の心配する声が聞こえた。

「んんっ……なんでもないの……んッ……」

玲子がせつなそうな顔をしながらも、なんとか会話している。

たまらなくなって、さらに座ったまま腰を突く。

玲子がまた後ろを見た。もうとろけ顔になっていた。

(フフ。感じてるんだな、玲子……)

間違いない。

こんなつらい状況なのに、玲子は感じ始めている。

たまらなくなり、ますます激しく突いた。

「うっ……そ、そうね……あ、あとのことはメールにして……うっ」

玲子は時折声をつまらせつつ、ちらちらこちらを見ては、ますます顔を赤くしながら会話を続ける。

「わかりました。すみません、入浴中に……窪塚さんつかまったら、メールしておきます」

「うん……じゃあ……おやすみ」

玲子がスマホの通話ボタンを押す。

なんとか会話を終えた玲子が、怖い顔を向けてきた。

「ひどいわ。さいてーっ!」

と、怒ったように言い、玲子はいったん結合を外し、改めて向かい合って腰を下ろして挿入させてきた。

「うっ……！」

対面座位で、抱っこするような形になる。

そうして玲子は、激しく腰を前後に揺すってきた。

まるでロデオマシーンだ。

「お、おい！ 待てって、そんなにしたら、お、折れるっ」

英吉が訴える。

玲子は濡れた目で妖《あや》しく見つめてくる。

「あん……だって……つらかったのよ。きっと臼井くん、私のことへんに思ってるわ。あんないやらしい声を聞かせちゃったんだもん」

「今頃、玲子の裸を想像して、オナニーしてたりしてな……ぐっ！」

さらに強く腰を動かしてきた。

根元が本当に折れてしまいそうだ。

「や、やめろって……マジで折れるっ」

「折れちゃいなさいよ。こんなイタズラばっかりして、もうっ……」

怒りながらも、ギュッと抱きついてきてキスされた。

玲子の腰の動きがゆったりした。

気持ちいい。

早くも尿道に熱いものが込み上げてくるのを感じる。

(くっそ、やっぱり可愛いな……)

英吉もギュッと抱きしめて、舌をからませる。

「今年の正月は鍋で温まろう」

なんて言っておきながら申し訳ないが、寒い冬に温まるには、好きな女の身体が一番だ。

※この作品は双葉文庫のために書き下ろされたもので、完全なフィクションです。

双葉文庫

さ-46-09

ほっこり人妻鍋《ひとづまなべ》

2023年12月16日　第1刷発行

【著者】
桜井真琴《さくらいまこと》
©Makoto Sakurai 2023
【発行者】
箕浦克史
【発行所】
株式会社双葉社
〒162-8540 東京都新宿区東五軒町3番28号
［電話］03-5261-4818(営業部)　03-5261-4868(編集部)
www.futabasha.co.jp(双葉社の書籍・コミックが買えます)
【印刷所】
中央精版印刷株式会社
【製本所】
中央精版印刷株式会社

【フォーマット・デザイン】
日下潤一

ISBN978-4-575-52715-5 C0193
Printed in Japan